Helga Panitzky

Der Fremde von
Hallig Rüge

Roman

AF222462

Helga Panitzky

Der Fremde

von

Hallig Rüge

Roman

Helga Panitzky
Der Fremde von Hallig Rüge, Roman   3. Ausgabe
ISBN 978-3-8311-0316-4
Alle Rechte bei der Autorin
Copyright © 2012 by Helga Panitzky

Fotos Klaus Panitzky © 2012
Umschlagsgestaltung und Grafiken © 2012 © by Klaus Panitzky
Layout Cover and Booklet © 2012 Klaus Panitzky

Verlag und Herstellung: Books on Demand GmbH, Norderstedt
ISBN 978-3-8311-0316-4
Personen und Handlungen sind frei erfunden. Ähnlichkeiten mit
lebenden Personen sind nicht beabsichtigt.

Bibliografische Informationen der Deutschen Nationalbibliothek:
Die Deutsche Nationalbibliothek verzeichnet diese Publikation in der Deutschen Nationalbibliothek;
detaillierte bibliographische Daten sind im Internet über http://dnb.d-nb.de abrufbar.

1

Gierig schlagen die Wellen auf das Deck des kleinen Kutters und drohen ihn in die Tiefe zu ziehen. Die stürmische Nordsee bleckt ihre Zähne. Mit letzter Kraft steuert Lars Petersen auf die weit vor ihm tosende Brandung zu, die er zeitweilig, wenn der Kutter auf einer Welle reitet, erkennen kann. Er konzentriert sich auf das Bild vor ihm. Sekunden später bricht eine Wasserwand über ihm zusammen. Der Mast mit den schweren Netzen und der Takelage bricht und geht über Bord. Die Scheiben des kleinen Steuerhauses bersten.

»Teufel noch mal!«, flucht er. Außer ein paar Möwen, die ihm hartnäckig in den Fluchten der Wellen folgen, ist nur noch tosende Brandung um ihn.

»Hoffentlich fliegt mir nicht gleich der ganze Kahn um die Ohren!«, brüllt er gegen den Sturm an.

Mit einer unglaublichen Stärke wird der kleine Kutter auf den weißen Gischtsaum vor ihm zugetrieben. Eine riesige Welle hebt das Boot. Krachend senkt es sich zwischen die großen Steine einer alten Wehrbefestigung und bleibt dort wie angenagelt liegen. Der nächste Brecher hebt sich in die Höhe. »Nichts wie weg, bevor das Wasser den Kutter wieder auf die offene See hinaus reißt.« Lars Petersen ist wie von Sinnen.

Er wirft in Windeseile einige Habseligkeiten über Bord, springt an Land und läuft fluchtartig auf eine Erhöhung zu. Als er sieht, daß das tobende Wasser ihm hierhin nicht folgen kann, atmet er erleichtert auf. Er sieht sich um und erkennt in der Ferne ein schwaches Licht.

Mühsam kämpft er sich durch die Dunkelheit. Einige Male muß er noch zur Seite springen. Als wolle das Wasser nach ihm greifen, sucht es sich nun auch seinen Weg an Land. Immer wieder wirft er sich dem Sturm entgegen, der ihm zeitweise die Luft zum Atmen nimmt. Endlich hat er das Licht erreicht. »Ich bin auf einer Hallig gelandet, unglaublich!« freut er sich. Ohne auch nur einen Augenblick zu zögern, schlägt er kräftig gegen die Haustür.

»Herein, und macht nicht solchen Lärm!«

Lars Petersen wird vom Sturm direkt in den Flur des Hauses geschoben.

»Teufel noch mal, wo kommst du denn zu dieser späten Stunde her? Nur Verrückte setzen bei diesem Wetter über!«

»Habt ihr für heute Nacht einen Platz für mich?« Fragend schaut Lars Petersen sich um.

»Natürlich habe ich Platz! Was ist denn los? Sonst bekommen wir selbst bei schönstem Wetter kaum Besuch.«

»Ich heiße Lars Petersen! Bin vom Sturm überrascht worden. Mein Kutter liegt in der Wehrbefestigung fest. Mast und Netze sind über Bord.«

»Dann wird das Zeug wohl jetzt nicht mehr da sein. Ich bin Sven Jacobsen. Willkommen auf Hallig Rüge, -- Lars?«

»Petersen!«

»Ah, Lars Petersen. Wen brauchst du? Den Bürgermeister, den Standesbeamten oder den Gastwirt? Bin alles in einer Person, jedenfalls in diesem Jahr.«

»Verdorri noch mal, da bin ich ja beim Richtigen gelandet! Sieht so aus, als brauche ich den Gastwirt.«

»Na denn! Zieh' dir erst einmal deine nassen Kleider aus. Holst dir sonst noch den Tod. Hinter der Waschkammer, im Stall, kannst du deine Sachen zum Trocknen aufhängen.«

»Ich habe ein großes Problem, Bürgermeister.«

»Und?«

»Habe nur noch die Klamotten, die ich auf dem Leib trage. Alles Andere hat der Blanke Hans geholt!«

»Mal sehen, ob ich etwas Passendes für dich finde, für einen Kerl von einem Baum, wie du es bist.«

Lars Petersen ist verblüfft über die Gastfreundlichkeit. ›Schwein gehabt, es hätte auch anders kommen können‹, sinniert er über den Gastgeber nach. Nachdenklich zieht er die trockenen Sachen an, die ihm Sven Jacobsen vor die Tür gelegt hat.

»Düwel noch mol, die Hose ist mir ja viel zu kurz!« Lars lacht, als er an sich herab schaut. ›Mensch, ich kann ja noch lachen!‹ denkt er erleichtert.

Als Jacobsen den baumlangen Seemann in viel zu kurzem Hemd und Hose vor sich sieht, kann auch er sich ein Grinsen nicht verkneifen.

»Hätt' ich mir gleich denken können, daß dir meine Sachen nicht passen, doch fürs Erste reicht es, bis deine eigenen Klamotten wieder trocken sind!«

»Danke!«

»So, nun erzähle mir erst einmal von deinem Unglück!«

»Da gibt es nicht viel zu erzählen. Der bestialische Sturm da draußen hat mir mein ganzes Hab und Gut genommen!«

»Wie kann man sich denn auch bei einem solchen Sturm, dazu noch alleine, auf dem Meer herumtreiben. Hast dem Wetterbericht wohl nicht geglaubt, wie?«

»Das schon. Wie konnte ich denn ahnen, daß der Sturm so heftig werden würde. Jahrelang bin ich als Seemann um die ganze Welt herumgeschippert, doch so etwas habe ich in der ganzen Zeit noch nicht erlebt. Erst im vergangenen Jahr habe ich mir den kleinen Kutter gekauft, um Fischfang zu betreiben.«

»Und nun hast du mit einem Schlag alles verloren!«

»Sieht ganz so aus.«

»Und wie soll es nun weitergehen?«

»Weiß noch nicht. Hast du ein Telefon, Bürgermeister?«

»Nein, hier auf Rüge gibt es kein Telefon. Noch nicht. Nur viel frischen Wind und die rauhe Nordsee.«

»Und wann legt das nächste Schiff hier an?«

»Im Frühjahr, eher nicht!«

»Halleluja. Sieht wohl ganz so aus, als wäre ich für

die nächsten Monate hier auf eurer Hallig gefangen!«

»Wer redet hier von Gefangenschaft. So schlimm ist das Halligleben ja nun auch nicht, oder hast du eine Familie, die auf dich wartet?«

»Nein, nein, es wartet niemand auf mich!«

»Nicht? Na, du wirst es ja sowieso eine Zeit lang hier bei uns aushalten müssen! Auf einer so kleinen Hallig wie dieser mußt du flexibel sein, sonst gehst du mit Sack und Pack unter!«

»Sack und Pack sind schon weg. Habe noch nie etwas von Rüge gehört, Bürgermeister.«

»Kann ich mir denken. Auf Rüge leben ganze 48 Leute. Einige betreiben Landwirtschaft, wir haben hier einen Gemischwarenhandel, eine kleine Kirche mit einem Friedhof, einen Pfarrer, der irgendwann mal kommt und einen Lehrer, der die wenigen Kinder in einem einzigen Klassenraum unterrichtet. So und nun ab in die Gaststube! Ein Korn wäre doch nun genau das Richtige für dich.«

»Kannst wohl hellsehen, wie? - Donnerwetter, das ist hier ja verdammt gemütlich.«

»Das will ich wohl meinen. Die Einwohner von Rüge nennen sie: De lüttje Stuv. Doch auch unsere Sommerurlauber wissen sie zu schätzen.«

»Ihr habt Gäste hier?«

»Nun wohl nicht. Im Sommer. Sonst wäre hier ja gar nichts los. Scheint sich aber herumzusprechen. Jahr für Jahr kommen immer mehr Fremde auf unsere Hallig. So, nun nichts wie runter mit dem Zeug!«

»Prost darauf, daß ich euch hier angetroffen habe.«

»Hörst du den Sturm heulen? Er ist wütend, dich nicht bekommen zu haben.«

»Bin ich froh, daß ich nun ein Dach über dem Kopf habe.«

Lange sitzen die beiden ungleichen Männer zusammen und klönen miteinander als wären sie altbekannte Freunde. Lars kann nicht genug von den Geschichten hören, die sich hier vor ewigen Jahren einmal zugetragen haben.

»Vielen sitzt noch der Spuk der letzten großen Sturmfluten im Nacken«, erzählt Sven. »Bei der Größten haben wir innerhalb von drei Tagen sechs Leute und 320 Stück Vieh, vor allem Schafe, verloren.«

»Gut, daß das alles Vergangenheit ist, Bürgermeister.«

»Vergangenheit? Und Morgen? Doch trotz allem leben wir gerne hier, obgleich auch heute nicht auszuschließen ist, daß uns die See bis in unsere Häuser folgt. Doch niemand hier möchte mit den Menschen auf dem Festland tauschen, auch wenn er Tag für Tag mit der Einsamkeit auf du und du steht.

Doch, wenn im Sommer die ersten Gäste kommen, kommt Leben auf unsere kleine Hallig.«

»Und wie versorgt ihr euch?«

»Notfalls mit Pferd und Wagen und im Sommer kommen die Schiffe.«

»Du wohnst ganz alleine hier?«

»Ja, doch erst seit dem Tod meiner geliebten Stienke führe ich sozusagen ein Einsiedlerleben.«

11

»Hast du denn keine Kinder?«

»Nein. Doch nun zu dir, Lars Petersen. Du als Seemann, hättet doch wissen müssen, daß die See um diese Zeit launisch und unberechenbar ist und nur wer sich mit der See anfreundet und sie so liebt wie eine Mutter ihr Kind, wird von der See wieder geliebt und letztendlich auch beschützt!«

»Willst du damit sagen, daß mich die See bestrafen wollte? Wofür? Was habe ich getan?«

»Vielleicht auch: Was wirst du tun! Nun beruhige dich erst einmal. Einer wie ich, der schon seit seiner Geburt hier beheimatet ist, hat sich längst mit der See ausgesöhnt. Das war nicht immer so!«

2

Es ist schon heller Tag, als Lars Petersen nach einer traumreichen Nacht erwacht. Schlaftrunken reibt er sich die Augen. Erst allmählich begreift er, wo er sich befindet. Mit einem Satz springt er aus dem Bett. Als er die gute Stube betritt, sieht Sven Jacobsen von einem Stapel Bücher auf, der vor ihm liegt.

»Gut geschlafen?«

»Hab verdammt lange geschlafen, wie?«

»Nach dem Tag?«

»Und ich wollte ganz besonders früh aufstehen.« Lars schaut aus dem Fenster. Noch immer heult der Sturm und rüttelt an die Fensterläden, als wollte er ins Haus.

»Der verdammte Sturm hat sich immer noch nicht gelegt.«

»Gestern war's schlimmer!«

»Wie komme ich nach Hamburg?«

»Habe ich dir nicht gestern Abend erzählt, wie es bei uns zugeht?«

»Ja, verdammt, das hast du. Aber ich kann doch nicht den ganzen Herbst und den langen Winter hier bei dir verbringen.«

»Warum nicht? Außerdem, vonwegen ganzer Herbst! Wir haben schon November, das Eis schiebt sich die Anlegestelle hoch und außerdem kann ich eine gute Hand schon gebrauchen.«

»Ist das dein Ernst?«

»Mein voller Ernst. Na ja, du wirst ja sowieso bleiben

müssen.«

»Wird mir ja wohl nichts Anderes übrig bleiben.«

»Oder wartet in Hamburg jemand auf dich?«

Lars gibt keine Antwort, sondern kratzt sich verlegen am rechten Ohr. »Ich werd' mal nach meiner Gloria sehen, vielleicht hat der Sturm noch etwas übrig gelassen!«

»Denk mal gründlich über mein Angebot nach!«

Lars nickt. »Bis nachher.« Mühselig kämpft er gegen das Wetter an. Hat sich der Sturm auch heute etwas gelegt, so hat er trotz allem noch große Mühe, das Halligufer zu erreichen. Weit und breit ist niemand zu sehen. »Wem soll ich bei diesem Mistwetter auch schon begegnen?« Beinahe wäre er über eine Holzplanke gestolpert, die der Sturm auf das Ufer geschwemmt hat.

»Verdammter Mist, meine Gloria!«, flucht er, als er die Planken erkennt. Er hebt sie vom Boden auf und wirft sie gleich darauf ins Wasser zurück. »Meinen letzten Pfennig habe ich in die Gloria gesteckt. Und wofür das alles? Wer will mir schaden? Wolltest du mich etwa strafen?« Drohend erhebt er die Faust gen Himmel. »Wenn es dich wirklich gibt, warum läßt du so viel Elend zu?« Grimmig schaut er den dunklen Wolken hinterher, die rasend schnell am Himmel dahin ziehen. »Du erbärmlicher Feigling, das sieht dir ähnlich!« Halb ohnmächtig vor Schmerz schaut er den schäumenden Wellen zu, die vom Sturm weit auf den Halligstrand getrieben werden.

»Vielleicht gibt es dich gar nicht und bist du nur eine

sagenumwobene Gestalt, die sich der Mensch erdacht hat, um sich und den anderen zu quälen!« Er bekommt keine Antwort auf seine Wutausbrüche.

»Wenn Vater das noch erlebt hätte. Nur gut, daß er dieses Drama nicht mehr miterleben muß. Sicherlich würde er mir Mut machen oder vielleicht sogar einen neuen Kahn kaufen.«

»Vater!« Leise spricht er das Wort aus. »Kopf hoch mein Junge!«, hätte Vater geantwortet. »Kämpfe, mein Junge!« Er hebt abermals seine Hände zornig gegen das Meer. ›Nichts wie weg!‹ Ohne sich weiter umzusehen, kehrt er der rauhen See den Rücken und geht seinem neuen Zuhause entgegen.

›Zuhause! -- Habe ich gerade Zuhause gesagt?‹ Er horcht in sich hinein. Nichts regt sich in ihm. Erst als er die Stube des Bürgermeisters betritt, ist ihm klar, was er tun wird.

Als Sven Lars so niedergeschlagen vor sich sieht, weiß er, daß ihm die See alles genommen hat.

»Is wohl nix mehr von deinem Kahn übrig, wie?«

»Nee, die heimtückische See hat alles genommen!«

»Hab' ich mir gedacht! Wenn der Blanke Hans einmal zuschlägt, dann gibt er nichts wieder her.«

»Ich nehme dein Angebot an, Bürgermeister!«

»Soll mir recht sein, denn ich kann dich verdammt gut gebrauchen. Im kommenden Frühjahr kannst du dich ja entscheiden, ob du zurück willst. Solltest du dich für Rüge entscheiden, dann vergiß nicht, daß du hier mit der Einsamkeit auf du und du stehst.«

»Bin Einsamkeit gewohnt.«

Ein fester Händedruck besiegelt die Freundschaft der ungleichen Männer.

3

Zwei Wochen wohnt Lars Petersen nun auf Rüge. Von den Einheimischen hat er bisher noch niemanden zu Gesicht bekommen.

Wie gerne hätte er einige von ihnen kennengelernt, die nun ihre Zeit mit der Wintervorsorge zubringen. Sven hatte Lars unter anderem auch die Gaststube anvertraut. »Diese Arbeit ist für dich genau das Richtige. Nur so lernst du mit der Zeit die Halligbewohner kennen«, hatte Sven ihm geraten.

Lars hatte das Angebot freudig angenommen und ist nun enttäuschter denn je. Sven amüsiert sich über ihn, als der ihm seinen Kummer mitteilt.

»Nun mal langsam, denn so schnell schießen die Preußen nicht. Den Bewohnern hier geht es zur Zeit um wichtigere Dinge. Außerdem sind sie allem Fremden gegenüber mißtrauisch und die jungen Leute arbeiten meist auf dem Festland. Eine Festlichkeit, steht zur Zeit auch nicht an und wichtige Zusammenkünfte sind erst wieder im Frühjahr, wenn nach den großen Stürmen der Landabbruch festgestellt, und die Nutzflächen neu verteilt werden müssen.«

»Brauchen ja nicht jeden Abend hier zu sitzen. Wäre schon froh, wenn mal einer kommen würde«, erwidert

Lars enttäuscht.

»Wart' ab, wenn im Sommer die Feriengäste kommen, dann hast du genug zu tun!« Sven klopft Lars kameradschaftlich auf die Schulter.

»Dat duert mi aber veel to lang.«

Sven schaut ihn nachdenklich an. Nach einer Weile des Schweigens fragt er: »Was ist mit deinen Angehörigen?«

»Wüßte nicht, wer nach mir suchen sollte.«

»Hast du denn keine Angehörigen mehr?«

»Nee, meine Eltern sind tot und weitere Verwandte hab ich nicht.«

»Auch keine Freunde?«

»Was verstehst du unter Freunde?«

»Lars! Stell dich nicht dummer als du bist. Du wirst doch Freunde haben!«

»Nee, auch da muß ich dich enttäuschen, Bürgermeister!«

Verständnislos schüttelt Sven den Kopf. ›Verschweigt mir der Junge etwas?‹ grübelt er über den baumlangen Lars nach. ›Ich werde es schon mit der Zeit herausbekommen, wer dieser Lars tatsächlich ist.‹

Was sich gerade hinter Lars hoher Stirn abspielt, das weiß nur er allein. ›Weißt du wirklich nicht, wer in Hamburg auf dich wartet?‹ wird Lars von seinem eigenen Gewissen in die Zange genommen. Muß ihn ausgerechnet jetzt sein Gewissen so gnadenlos ins Kreuzverhör nehmen? Er sieht in zwei blaue Mädchenaugen und will das Bild energisch beiseite schieben. Es gelingt ihm nicht. »Thea«, flüstert er.

»Hast du gerade etwas gesagt?«

»Hab nur laut gedacht, Bürgermeister.«

4

Lars hat sich schnell auf Rüge eingelebt. Seine anfängliche Sorge, er werde wohl nie einen Halligbewohner kennen lernen, war ins Nichts verflogen. Mit einigen der wortkargen und verschlossenen Menschen hat er sich schon bekannt gemacht. 'Einige von ihnen sind sogar ganz vernünftige Leute', sinniert er über die Halligbewohner nach. 'Glaub schon, daß ich es hier den Herbst und den Winter aushalten werde.'

Muß aufpassen, daß ich mich am Ende nicht gar selbst verrate, denn der Menschenschlag hier ist sehr mißtrauisch. Er hört auf zu grübeln. Irgend etwas hat ihn erschreckt. Als er sich umsieht, steht Sven hinter ihm. Lars lacht, als er den Bürgermeister erblickt. "Hast mich ganz schön erschreckt, Sven."

"Seit wann bist du so schreckhaft? Bedrückt dich etwas, Lars?"

"Nee, was soll mich bedrücken?" spielt Lars die Szene herunter.

"Na, ich dachte ja nur", amüsiert sich Sven, als er auf den verlegenden Lars schaut.

'Düwel, der kann sogar in meine Seele schauen!' grübelt Lars. Er lacht bitter. 'Muß verdammt auf der Hut sein.'

Die Tage vergehen wie im Flug. Die Weihnachtszeit naht. Bunt geschmückte Fenster zieren die backsteinroten Ziegelhäuser, deren Wände von Sturm, Sand und Salz angefressen sind. Doch irgendwie übt die karge und einsame Landschaft auch einen gewissen Reiz auf Lars aus. Das wird ihm mit jedem Tag bewusster. Trotz der dunklen Jahreszeit fühlt er sich wohl.

Es ist ein neblig trüber Vorweihnachtstag. Die Luft ist schwer und feucht. Vom Meer weht ein eisiger Wind über die Hallig. Mit einem lauten Krachen reißt der Sturm einen Fensterladen aus den Haken. Als mache es ihm Spaß, die Menschen mit seiner Kraft und Stärke zu erschrecken. Erbarmungslos fegt er über die karge Landschaft hinweg und trägt alles mit sich fort, was nicht niet- und nagelfest ist.

»Mistwetter! Habe wohl vergessen, den Laden zu verriegeln«, flucht Lars und läuft hinaus, um ihn wieder einzuhängen. Als er sich umdreht, steht eine junge Frau vor ihm.

»Nanu, wer kommt uns denn da ins Haus geschneit?« Interessiert schaut er auf die gertenschlanke Gestalt »Wo kommst du denn her, mien Deern?« Neugierig bemustert er das scheue Mädchen. »Komm erst einmal rein!«, fordert er das Mädchen auf. Sie antwortet nicht, sondern folgt Lars stumm ins Haus.

»Hat dich der Himmel geschickt?« Fragend schaut Lars auf die hübsche Gestalt.

»Ich heiße Silke Gerdes!«, antwortet sie zaghaft.

»Lars Petersen. Hm, Silke Gerdes. Hab noch nie von dir gehört. Wohnst du schon immer hier?«

»Dort drüben wohne ich.« Sie zeigt in die Richtung ihrer Warft.

»Bist du etwa die Tochter vom alten Tade?«

»Ja.«

Nun verschlägt es Lars die Sprache. »Donnerwetter! Daß der wortkarge Tade eine so hübsche Deern hat, wer hätte das gedacht?« Silke wird verlegen. Unsicher schaut sie an Lars vorbei.

»Eigentlich wollte ich zu Onkel Sven!«

»Und ich bildete mir schon ein, du wolltest zu mir.« Lars hätte sich noch viel länger mit dem hübschen Mädchen unterhalten, wenn Sven nicht plötzlich aufgetaucht wäre.

»Hallo Silke. Hab' dich ja gar nicht kommen hören.« Sven reicht dem scheuen Mädchen die Hand. »Wie ich sehe, habt ihr beide euch ja schon bekannt gemacht.«

Er schaut prüfend von einem zum anderen.

»Warum hast du mir nicht verraten, daß es hier so hübsche Mädchen gibt?«

Silke wird unruhig. Die Blicke des Fremden rufen in ihr seltsame Gefühle wach. Sven sieht ihre hilfesuchenden Blicke.

»Silke, du wolltest sicherlich zu mir?«

»Ja, Onkel Sven, meine Eltern lassen fragen, ob der Termin für den 18. Dezember bleibt."

»Aber sicher, so viele Feste werden bei uns ja auch nicht gefeiert.«

Silke hat es plötzlich sehr eilig, aus der Nähe des Fremden zu kommen. Überhastet verabschiedet sie sich. Seine Blicke irritieren sie.

»Hat die Deern es aber eilig.« Enttäuscht schaut Lars hinter ihr her. Sven gefällt Lars Benehmen nicht.

›Viel zu auffällig hat er Silke den Hof gemacht. Das schickt sich hier nicht, das ist nicht gut!‹ sinniert er über den Fremden nach.

»Gefällt dir wohl, die Silke, wie?« Lauernd schaut er Lars an.

»Ich könnte mich glattweg in sie verlieben.«

»Ich glaube, daraus wird nichts. Schlag dir das Mädel aus dem Kopf!«

»Warum?«

»Weil Silke mit Nils Feddersen verlobt ist.«

»Nils Feddersen, diesen Schwächling?«

»Schwächling?

Seh' dich vor, wer hier lebt, ist kein Schwächling! Er war mehr als sechs Mal bei ihr und hat sich ihr erklärt. Es ist nun mal eine Tatsache, daß die beiden einander versprochen sind.«

Lars schüttelt energisch den Kopf als wolle er das Gehörte nicht wahrhaben. »Dann wird sich die Deern eben wieder entloben müssen. Verlobt ist nicht verheiratet, Bürgermeister.«

»Wenn das man so einfach wäre. Du kennst unsere Sitten und Gebräuche nicht.«

»Wieso? Ich sehe da keine Probleme.«

»Du vielleicht nicht, doch weißt du, ob Silke dich

überhaupt will?«

»Was ich haben will, das habe ich bisher immer bekommen!«

»Paß auf, daß sie dich nicht auf einer Mistkarre von der Warft jagen. Du wirst dir da wohl die Finger verbrennen.« Sven wird nervös. Ein unergründliches Mißtrauen wird in ihm wach. ›Was weiß ich denn von Lars? Eigentlich nichts. Etwas verheimlicht mir der Junge. Wenn ich nur wüßte, was! Doch, was wäre, wenn Lars seine Absichten wahr macht und Silke würde die gleichen Gefühle für ihn hegen, was dann? Ich werde ein wachsames Auge auf das Mädchen halten. Mit einem Mädchen wie Silke spielt man nicht!‹ Sicherlich wünscht er seinem Patenkind einen rechtschaffenen Mann, doch ob dieser Mann ausgerechnet Lars Petersen ist?

Lange schon spürt Lars, daß der Bürgermeister sich eigenartig benimmt. Er geht der Sache auf den Grund.

»Bedrückt dich irgend etwas, Sven?« Ruhig stellt Lars ihm die Frage.

»Ja!«

»Was?«

»Du!«

»Wegen Silke?«

»Ja!«

»Dachte ich es mir doch«, erwidert Lars gekränkt.

»Hör gut zu, was ich dir zu sagen habe, Lars Petersen. Die Silke ist ein verdammt anständiges Mädchen und hübsch und klug dazu.«

»Warum erzählst du mir das?«

»Weil ich dir von vornherein reinen Wein einschenken will. Silke ist nicht irgendein Mädchen, mit dem man spielt.

Hast du dich ihr einmal erklärt, gibt es nur zwei Wege und einer führt dich dahin zurück, wo du hergekommen bist! Silke ist ein blitzsauberes Mädchen!«

»Wie kommst du nur darauf, daß ich mit Silke spielen will?«

»Wenn du es ehrlich mit dem Mädchen meinst, dann bitte. Doch das eine sage ich dir, wenn du das Mädchen unglücklich machst, dann gnade dir Gott!«

»Was ist nur in dich gefahren?« Lars ist gereizt.

»Was in mich gefahren ist?«

»Du brichst hier ein, bringst alles durcheinander und fragst noch!«

»Nun beruhige dich. Ich mag sie, und das reicht doch wohl für den Anfang.«

»Du scheinst nicht zu wissen, was man hier mit den Leuten macht, die sich darin vertun! Sei vorsichtig!«

5

Weihnachten steht vor der Tür, doch zuvor wird die Silberhochzeit von Meike und Tade Gerdes gefeiert.

Lars triumphiert, denn spätestens am 18. Dezember wird er der hübschen Silke begegnen. ›Was ist nur mit mir los?‹ grübelt er über sich nach. ›Sollte ich mit meinen 29 Jahren nicht gescheiter sein?'

Gewaltsam wird er an Thea Willms erinnert. ›Wer weiß, wie es Thea geht. Ob sie glaubt, daß ich mit meiner Gloria untergegangen bin und trauert nun um mich? Wird man nun von Thea die noch ausstehenden Raten für meine Gloria fordern? Was ist, wenn eines Tages der ganze Schwindel auffliegt?‹ Zentnerschwer lastet die Vergangenheit auf seinen breiten Schultern.

Absichtlich hat Lars seine Vergangenheit verschwiegen, denn einem Fuchs wie Sven macht man nichts vor. ›Nimm dich vor ihm in acht und verplappere dich nicht, Lars Petersen. Wenn Sven von meiner Vergangenheit erfährt, dann ist alles aus. Was geht mich Thea an. Thea ist Vergangenheit. Silke ist meine Zukunft‹, frohlockt er.

In drei Tagen soll die Silberhochzeit der Gerdes stattfinden. Lars hat die kleine Gaststube auf Hochglanz poliert.

Sven, der von Lars Arbeitseifer beeindruckt ist, klopft dem neuen Freund anerkennend auf den Rücken. »Düwel noch mol, hast verdammt gute Arbeit geleistet. So blank war der Tresen ja noch nie!« Ehe Lars antworten kann, ist Sven gegangen.

»Ich kann nicht einmal meine geheimsten Gedanken für mich behalten. Dieser alte Fuchs!« grinst Lars hintergründig.

6

Ungewöhnlich früh ist Lars heute auf den Beinen. Als er die Wohnstube betritt, bemerkt Sven trocken: »Junge, hast du dich heute in Schale geworfen!«

Lars schaut ihn mißmutig an. ›Du ol Düwel, was kümmern mich heute deine Spötteleien‹, überlegt er. Ganz andere Dinge beschäftigen ihn. ›Wie schaffe ich es, Nils Feddersen die schmucke Silke auszuspannen?‹

Er schaut in den Spiegel, der über dem Tresen hängt. Aufmerksam beobachtet er Svens Profil. Kein Muskel regt sich in dessen angespanntem Gesicht. So, als würde er sich auf eine ganz bestimmte Sache konzentrieren.

Bei den Gerdes sind heute Hektik und Unruhe eingekehrt. Meike und Tade werden von Silkes Nervosität angesteckt. Silke, die ohnehin die halbe Nacht nicht geschlafen hat, ist aufgeregt, wie nie zuvor.

›Was ist nur los mit mir, warum geht mir der Fremde nicht aus dem Kopf?‹ Ununterbrochen muß sie an Lars denken. ›Warum kann ich für Nils nicht so empfinden, wie ich für den Fremden empfinde. Gibt es Liebe auf den ersten Blick?‹

Unwillkürlich wird sie an einen Liebesroman erinnert, den sie kürzlich gelesen hatte. Eine junge Waise spielte die Hautrolle in diesem Drama. Lisa, so hieß das junge Mädchen, hatte um die Liebe eines Mannes gekämpft und am Ende den Kampf um den geliebten Mann verloren. Viele Tränen hatte Silke geweint, so, als ginge es um ihre eigene Liebe. Sie spürt wieder dieses noch nie dagewesene Gefühl in sich hochsteigen und wird unruhig.

›Gleich werde ich den Fremden wiedersehen‹, denkt sie glücklich und ermahnt die Eltern: »Ach, kommt doch schon, macht nicht so lange!«

»Knöpfe dir gefälligst deine Bluse zu!«, rügt Meike ihre eigenwillige Tochter. Silke will aufbegehren, doch als sie in die abweisenden Augen der Mutter schaut, knöpft sie die Knöpfe ihrer Bluse bis zum vorletzten Knopf wieder artig zu.

»Ich habe dir doch gesagt, daß du dir die Knöpfe zuknöpfen sollst!« Meike ist gereizt.

»Meike kannst du auch heute keine Ruhe geben?«, rügt Tade sie. Zornig schaut er auf seine dominierende Frau.

»Da hört sich ja alles auf!« prustet Meike verächtlich. Herausfordernd schaut sie ihren Tade an, doch der denkt gar nicht daran, sich heute mit seiner streitsüchtigen Frau zu zanken.

»Schau' dir deine hübsche Tochter einmal bewußt an! Ist sie nicht dein Ebenbild?«

»Silke soll mein Ebenbild sein? Dass ich nicht lache. Ich habe immer gewußt, wie ich mich anziehe, Tade Gerdes!«

»Du hattest ja damals auch nicht die Möglichkeit, dich so schick und modern anzuziehen, so wie es die jungen Mädchen heute können.«

»Selbst dann hätte ich meine Haut niemals so schamlos zu Markte getragen, wie Silke es tut!«

»Da sei dir mal nicht so sicher.«

»Was meinst du damit?«

»Sehe, wie du es sehen willst. Silke ist nun mal ein hübsches Mädchen, wenn ich das bemerken darf. Warum soll so ein hübsches Mädchen ihre körperlichen Vorzüge nicht zur Geltung bringen?«

»Bist du verrückt geworden, Tade Gerdes? Du unterstützt die Deern ja noch!«

»Ja, Meike, ich bin stolz auf unsere Tochter!«

Silke ist die Auseinandersetzung der Eltern sehr peinlich. Am liebsten wäre sie gegangen, doch ihre grenzenlose Neugierde hindert sie daran. ›Ist das derselbe Vater, der sich bislang nie getraut hat, der Mutter Widerstand entgegen zu bringen?‹ Bewundernd schaut sie den Vater an.

Tade kommt sich wie ein Held vor. ›Gibt sich Meike etwa geschlagen?‹ Es scheint, als hätte er tatsächlich den Sieg davongetragen. Meike geht ohne Widerworte hinaus. Tade erinnert sich an vergangene Tage.

›Wären meine Eltern damals nicht kurz hintereinander gestorben, wer weiß, ob ich jemals geheiratet hätte. Wäre ich mit einer anderen Frau glücklicher geworden, als mit Meike? Sie war achtzehn, ich dreißig. Viel Auswahl hatte ich ja nicht auf Rüge!‹ erinnert er sich. Erst nach der Hochzeit hatte Meike ihm gebeichtet, daß sie immer in ihn verliebt gewesen sei und sie ihr Glück kaum fassen konnte, als er sich ihr erklärte. Als sich dann nach vierjähriger Ehe der ersehnte Nachwuchs anmeldete, konnte er sein Glück kaum fassen. Leider dachte Meike nicht so wie er, denn sie konnte niemals echte Mutterfreuden für Silke empfinden. Fuchsteufelswild reagierte sie, als Tade von einem zweiten Kind sprach.

»Ich will kein Kind mehr! Silke alleine schafft mich schon!« hatte ihm Meike nicht nur einmal wissen lassen. Warum sie sich gegen ein zweites Kind sträubte, hat Tade bis heute nicht herausfinden können. Auch daß sie keine Mutterfreuden verspürt, ist schon recht eigenartig. ›Arme Silke, du hast es nie leicht gehabt mit deiner Mutter. Soweit ich mich an Meikes Mutter zurückerinnern kann, sehe ich eine alte und vergrämte Frau vor mir, die es sich und ihrer Tochter niemals verziehen hatte, daß Meike ein Mädchen war.‹

7

»Donnerwetter hat sich das Mädel fein herausgeputzt!« bemerkt Lars absichtlich laut, als er die Hochzeitsgäste die Warft heraufkommen sieht. Die anwesenden Gäste werden hellhörig. Nils wird fuchsteufelswild, als er den Fremden so frei reden hört.

»Der soll ja die Finger von Silke lassen!« schimpft er aufgebracht und attackiert Lars mit bösen Blicken. Lars tut so, als hätte er die Worte nicht verstanden. Als Familie Gerdes die Gaststube betritt, geht Nils übereilt auf Silke zu.

»Hallo Silke«, begrüßt er seine Verlobte lautstark.

»Ich habe für uns dort drüben einen Platz reserviert!« Zu seiner Überraschung reagiert Silke nicht. Ihre Augen suchen den Fremden. Lars versteht Silkes stumme Blicke und geht zielstrebig auf sie zu.

»Mensch Mädel, du siehst ja blendend aus!« Mit einem Seitenblick auf Nils macht Lars keinen Hehl aus seiner Bewunderung für das schmucke Mädchen. Nils weiß nicht, ob er weinen oder lachen soll. Daß Silke Interesse an dem Fremden zeigt, irritiert ihn.

»Niemand nimmt mir meine Silke weg!« Laut hat Nils die Worte ausgesprochen und bittet Silke noch einmal, sich zu ihm zu setzen. Doch auch nun reagiert sie nicht. Als hätte sie der Fremde hypnotisiert, so steif werden plötzlich ihre Glieder.

Lars triumphiert. Er spürt, daß Silke seine Gefühle erwidert. Als wären sie beide ganz alleine im Raum, so selbstvergessen stehen sie sich gegenüber und schauen sich stumm in die Augen. Sven, der die aufkommende Spannung bemerkt, stellt sich absichtlich zwischen die beiden.

»Herzlichen Glückwunsch zu eurem großen Tag!« begrüßt er das Silberbrautpaar und weist auf Lars hin. »Darf ich euch Lars Petersen vorstellen? Tade und Meike Gerdes.«

»Wir kennen uns bereits«, erwidert Tade.

»Wir kennen uns aber nicht. Stimmt's, Fremder?«, bemerkt Meike spitz. Prüfend schaut sie sich den baumlangen Fremden an, über den sich die Leute schon seit Wochen die Mäuler zerreißen.

»Willkommen und herzlichen Glückwunsch zu deiner, zu eurer Silberhochzeit«, stammelt Lars nervös. Die abschätzenden Blicke Meikes behagen ihm nicht.

»Ich hatte schon von Tade gehört, daß du als Schiffbrüchiger hier auf Rüge gestrandet bist.« Geringschätzig schaut Meike ihn an. Als müsse sie sich jede Geste ihres Gegenüber genauestens einstudieren, sagt sie plötzlich: »Sag einmal Fremder, wie kommst du dazu, mich zu duzen?«

»Gleiches Recht für alle, Frau Gerdes, denn du hast mich gerade auch geduzt«, antwortet Lars ruhig.

»Was fällt dir ein.« zischt Meike erbost. Beleidigt wendet sie sich ab.

Lars lächelt spöttisch hinter ihr her. Abrupt dreht Meike sich um: »Merke es dir heute und zu jeder Zeit! Laß deine Finger von meiner Tochter, verstanden!«

»Soll das eine Drohung sein?«

»Es ist mehr als eine Drohung, Fremder!«

»Ich danke dir, daß du mir gleich reinen Wein einschenkst. Nur so kann man sich auf seinen Gegner einstellen.«

Meike ist wütend und genervt wie schon lange nicht mehr.

»Was bildet sich der Fremde nur ein?« Besorgt schaut sie zu Nils hinüber, der niedergeschlagen zu seinem Tisch zurückgekehrt ist. »Wie kann Silke Nils nur so bloßstellen. Hat sie vergessen, daß sie Nils versprochen ist und die Heirat nur eine Frage der Zeit ist? Nun kommt ein Fremder auf die Insel und will sich zwischen die beiden stellen. Unglaublich! Na endlich!« Meike atmet befreit auf. Silke hat sich zu Nils gesetzt.

»Nils, mach Musik!«, fordert Sven ihn auf.

»Mußt dir heute einen anderen Musiker suchen, Bürgermeister!«

»Das kann doch nicht dein Ernst sein.«

»Es ist mein voller Ernst, auch wenn es dir nicht paßt! Hört alle her!« fordert Nils die Hochzeitsgesellschaft auf. »Ich mache heute keine Musik, denn ich lasse mir Silke von niemandem wegnehmen, schon gar nicht von dem dort!« Er zeigt verächtlich auf Lars.

»Bravo, das ist Nils, wie er leibt und lebt!« applaudiert Hauke Feddersen. Lars grinst Hauke herausfordernd an.

Haukes Gesicht läuft rot an.

»Was bildest du dir ein, Fremder!«, schreit er.

»Beherrsche dich, Hauke!« versucht Sven ihn zu beruhigen. Der Streit auf der noch nicht einmal begonnenen Feier droht zu eskalieren.

»Du spielst dich zum Apostel auf?« Schweißperlen stehen auf Haukes Stirn. Erregt steht er vor Sven.« Du stellst dich auf die Seite des Fremden, Bürgermeister?«

»Seh' es, wie du es sehen willst! Doch eines sage ich dir, ich dulde heute keinen Streit. Nicht hier! Hast du mich verstanden?«

»Hast es ja deutlich genug gezeigt, auf wessen Seite du stehst, Bürgermeister! Komm Anna, wir beide haben hier nichts mehr zu suchen!« fordert Hauke seine Frau auf. Verstört schaut Anna auf ihren erregten Mann, den sie noch niemals so wütend gesehen hat, wie heute. Hauke wird zusehends nervöser. Laut ruft er den übrigen Gästen zu: »Kommt mit, hier haben wir nichts mehr zu suchen!« Hier und dort sieht man in erhitzte Gesichter, dennoch ist niemand bereit, ihm zu folgen.

»Meinetwegen macht, was ihr wollt, doch das eine sage ich euch, seit dem der Fremde auf unserer Hallig wohnt, kann man mit Sven Jacobsen kein vernünftiges Wort mehr reden.«

Nun platzt Sven endgültig der Kragen. »Hinaus mit dir, Hauke! Entschuldigung, Anna«, weist er dem wütenden Hauke die Tür.

»Wenn noch jemand mitgehen möchte? Bitte! Wie ist es mit dir Nils, willst du deinen Eltern nicht folgen?«

»Nein, ich bleibe, Bürgermeister!«

Silke steht langsam auf und geht auf Lars zu.

»Du kommst zu mir?«

»Ja, das heißt, nur wenn du mich magst.«

»Du fragst, ob ich dich mag? Spürst du denn nicht, daß ich geradezu verrückt nach dir bin?«

Trotzig schaut Silke sich um und blickt dann Lars fest in die Augen. »Nenne mich ruhig bei meinen Vornamen, Deern. Komm, wir setzen uns.« Die Gäste halten die Luft an. Alle starren auf das Paar.

Nils baut sich vor Silke auf. Er kann sich kaum noch beherrschen: »Bedeutet dir der Fremde mehr als ich? Hast du vergessen, daß wir miteinander verlobt sind?«

»Lass mit dir reden, Nils, ich --.«

»Ich hab schon verstanden!«

»Bitte Nils!«

»Pfui! Ich schäme mich für dich. Ein Mädchen von uns wirft sich in die Arme eines dahergelaufenen Seemanns. Ich verachte dich zutiefst, Silke Gerdes!« Er zeigt in die Runde und spottet: »Und ich verachte euch genau so, ihr Hüter unserer Tradition!« Er rennt hinaus in die Nacht.

Silke macht eine Bewegung, als wolle sie aufstehen, doch Lars hält sie zurück. »Du liebst doch diesen Nils nicht wirklich, oder?« Lange schaut er Silke in die Augen, die so unergründlich sind.

»Ich bin so unglücklich!« beginnt Silke, zu weinen. Sie weiß, daß sie die größten Tabus in dieser kleinen Welt verletzt hat. Niemand der Anwesenden hier wird ihr diesen Schritt verzeihen. Sie kennt die Menschen hier und weiß, daß sie sich alle zu Feinden gemacht hat. Sie wendet starr ihren Blick auf die gefliste Wand vor ihr, als sie ihre Mutter auf sich zukommen sieht. Ihr Rücken versteift sich, als sie ihre messerscharfen Worte hört.

»Soll das heißen, du hast du dich für diesen Fremden entschieden? Gegen Nils?«

»Bitte Mutter, ich kann Nils niemals heiraten. Versteh doch!«

»Ist das dein letztes Wort?«

»Ich kann Nils nicht heiraten.«

»Wenn es so ist, dann haben wir beide uns nichts mehr zu sagen!«

»Bitte, Mutter, das kann nicht dein letztes Wort sein! Hast du kein Gefühl für mich?« Hilfesuchend streckt

Silke die Hände nach der Mutter aus.

»Für dich? Was bist du schon! Scher dich!«

Es ist totenstill im Raum. Die Gäste halten den Atem an. Erregt geht Tade auf seine Frau zu. »Meike, überleg', was du sagst. Es ist doch unsere Tochter!« versucht er zu retten, was nicht mehr zu retten ist.

»Hier gibt es nichts mehr zu überlegen! Sie hat sich für den Fremden entschieden! Sie wird das Trinkglas nicht brechen hören, sie wird den Reisbrei nicht essen, sie gehört nicht mehr zu uns! Mein Haus ist für sie verschlossen!«

»Stellst du dich gegen deine eigene Tochter?« Tade ist verzweifelt.

»Ja, ich stelle mich gegen sie, gegen das, was sie tut!«

Silke weint stumme Tränen.

Sie spürt die eisige Kälte um sich herum und doch regt sich in ihr die Kraft des Meeres: »Ich danke dir für die Wahrheit und dir, mein Vater, für deine Liebe.« Sie läßt ihren Kopf auf ihre verschränkten Arme sinken.

Sven, der als Erster, die Sprache wiederfindet, donnert plötzlich los: »Sagt einmal, seid ihr alle miteinander verrückt geworden?«

»Ja, fluche nur, Sven Jacobsen! Warum mußtest du diesen Fremden bei dir aufnehmen?«

»So, nun gibst man mir am Ende noch die Schuld, daß sich die Deern in Lars verliebt hat? Ich werde dir mal etwas sagen, Meike! Deine Worte sind ein Frevel. Die See bis an deinem Hals und da sagt einer: ›Ich helfe dir nicht!‹ Und eines sage ich dir noch: ›Ich bin froh, daß ich

Lars bei mir aufgenommen habe. Silke liebt! Welche Macht bedient sich dir, in etwas einzugreifen, was sich deiner Ahnung entzieht.‹ So nun weißt du, wie ich über die beiden und über euch denke!«

»Liebe? Daß ich nicht lache. Was weiß das dumme Mädchen schon von Liebe!« Meike versucht, ihren letzten Trumpf auszuspielen.

»Kennst du die wahre Liebe, Meike?« Sven steht ganz ruhig vor ihr.

»Tade, wir gehen, sofort!« Wutentbrannt geht sie auf die schwere Haustür zu. Seiner Meike jetzt zu widersprechen, das bedeutet, dem Teufel persönlich zu begegnen. Widerstandslos folgt Tade seiner Frau. Inzwischen werden auch die übrigen Gäste unruhig und tuscheln untereinander.

»Ich glaub', wir sind hier in einem Kindergarten und da ist es wohl auch Zeit, nach Hause zu gehen!« sagt Sven erbost.

8

Silke ist nicht mehr in ihr Elternhaus zurückgekehrt. Sven hat ihr sein schönstes Zimmer zur Verfügung gestellt und sie gebeten, bei ihm und Lars zu bleiben.

Silke nimmt alles um sich herum nur halb wahr. Ihre geschwollenen Augenlider sind für Lars Anlaß genug, sie liebevoll in seine Arme zu nehmen und ihr wieder und wieder Mut zuzusprechen.

Lars macht in dieser Nacht kaum ein Auge zu.

Erst gegen Morgen schläft er erschöpft ein. Er träumt von Silke. Als er sie küssen will, ist der schöne Traum zu Ende. Schlaftrunken wischt er sich den Schweiß von der Stirn.

›Verdorri, das Mädchen hat mich arg zum Schwitzen gebracht!‹ grinst er. Er erinnert sich an den gestrigen Abend, der so wunderschön begann und so hektisch endete. »So etwas habe ich bisher noch nicht erlebt! Und an allem bin nur ich schuld!«

Keine Spur von Müdigkeit steckt mehr in seinen Gliedern. Nur seine Konzentration ist heute Morgen nicht die beste. Immer noch sieht er zwei liebliche Augen auf sich gerichtet. Gewaltsam muß er sich aus diesem Bann befreien.

Das Mädchen geht ihm einfach nicht mehr aus dem Sinn. »Jetzt mach aber mal halblang, Lars Petersen«, ruft er sich selbst zur Ordnung.

»Nanu, schon so früh auf den Beinen?« Sven begrüßt den langen Lars, der heute Morgen einen fröhlichen Ausdruck auf ihn macht.

»Konnte nicht länger schlafen.«

»Kann ich mir denken.«

»Wie meinst du das, Bürgermeister?«

»So, wie ich es gesagt habe!«

»Schläft Silke immer noch?«

»Ja, ich glaube das Mädchen leidet sehr.«

»Verdorri, da habe ich aber was angerichtet!«

»Das kann man wohl sagen! So etwas hat es hier auf Rüge noch nie gegeben, daß eine Feier, die noch nicht einmal begonnen hatte, schon zu Ende war! Hast mir ganz schön das Geschäft vermasselt.«

»Hoffentlich verzeihen mir die Menschen.«

»Sie werden schon darüber hinwegkommen. Laß dir deswegen mal keine grauen Haare wachsen. Hab' da ein kleines Sprichwort: »Wer das Lieben hat gefunden, wird an Leib und Seel' gesunden, wer das Scheiden hat erdacht, dem hat die Lieb' nie zugelacht,« amüsiert sich Sven.

»Donnerwetter, du bist ja ein Poet!«

»Was wären all unsere schreibenden Poeten, gäbe es die Liebe nicht.«

»Da hast du den Nagel auf den Kopf getroffen. Gefühle lassen sich nun einmal nicht verdrängen.«

»Ja, die Liebe hat schon viel Leid über die Menschen gebracht.«

»Nicht nur Leid, auch Schönes und Geheimnisvolles beschert sie uns,« erwidert Lars. »Da ist was Wahres dran«, antwortet Sven nachdenklich. »Hast du gestern Abend noch einmal mit Silke gesprochen, Sven?«

»Ja, sie hat mir vor dem Zubettgehen erzählt, daß sie sich unsterblich in dich verliebt hat.«

»Ist das wahr?«

»Als ob du das nicht selber wüßtest! Doch das eine sage ich dir, Lars Petersen: Gnade dir Gott, wenn du das Mädchen unglücklich machst!«

»Ich werde die Deern glücklich machen, das verspreche ich dir, Bürgermeister!«

»Eins noch vorweg. Sei demnächst sehr vorsichtig,

wenn dir jemand über den Weg läuft!«

»Wieso, kann sich Silke ihre Freier nicht selber aussuchen?«

»Das schon, doch Silke und Nils waren miteinander verlobt, vergiß das nie!«

»Ich paß schon auf!«

Gewaltsam wird Lars an ein lachendes Mädchengesicht erinnert, das er glaubte, vergessen zu haben. »Thea!« dringt es aus seiner Brust.

Sind Svens Ohren auch nicht mehr die besten, so spürt er dennoch, daß Lars ungelöste Probleme mit sich herumträgt.

Lars hat es auf einmal sehr eilig, aus der Nähe des Bürgermeisters zu kommen. »Werde die Gaststube aufräumen«, entschuldigt er sich.

»Eine gute Idee! Willst du nicht vorher erst einmal frühstücken?«

»Nein, hab' keinen Hunger«, murmelt Lars beim Hinausgehen.

»Kann ich mir denken, schließlich geht die Liebe ja durch den Magen«, grinst Sven vielsagend.

Lars hat inzwischen die Wirtsstube auf Vordermann gebracht. Sehnsüchtig wartet er auf Silke, die sich bis jetzt noch nicht hat blicken lassen.

»Schläft Silke immer noch?«

»Kannst es wohl nicht abwarten, sie wiederzusehen, wie?«

»Könntest mir ja inzwischen etwas über Silke erzählen.«

»Was soll ich dir sagen? Du weißt doch schon alles. Silke und Nils wollten im nächsten Jahr heiraten.«

»Wollten die tatsächlich heiraten?«

»Vorgesehen war es!«

»Das hat sich der Nils auch nur gedacht, mir meine Silke wegzuschnappen.«

»Wer schnappt hier wen weg, bist du es nicht, der Nils die Frau genommen hat?«

»Silke hat sich eben für mich entschieden und das spricht für ihren guten Geschmack.«

Amüsiert hört sich Sven die Gefühlsausbrüche seines jungen Freundes an. »Na, meinen Segen habt ihr. Ich seh', daß du es ehrlich mit dem Mädchen meinst. Doch wehe, wenn du das Mädchen enttäuschst!« Ganz nahe ist Sven an Lars herangetreten. Auge in Auge stehen sie sich gegenüber. Lars spürt den hastigen Atem seines Gegenübers und erschrickt.

›Mein Gott, noch so ein sturer Halligbewohner. Bin jetzt schon gespannt, was mich hier noch erwarten wird.‹

9

Orkanartige Stürme fegen über die Hallig und verwehen den frischen Pulverschnee über die hartgefrorene Erde. Es ist Anfang Januar. Ein starkes Schneetreiben hat eingesetzt und nimmt ständig zu.

»Verdammtes Mistwetter!« schimpft Lars. Sorgenvoll schaut er zum Himmel.

»Wenn das so weiter anhält, sind wir morgen eingeschneit. Ich werde dem Spuk ein Ende bereiten!«

Als er die Haustür öffnet, hört er von weitem fröhliches Kinderlachen. ›Kind müßte man noch mal sein!‹ denkt er und schaut in die Richtung, in der er die Kinder vermutet.

Nirgendwo kann er jemanden sehen, denn der Sturm wirbelt den frischen Schnee hoch durch die Luft und nimmt ihm jede Sicht.

Kaum hat er den ersten Schnee fortgefegt, ist alles wieder mit Schnee bedeckt und erklärt Lars seine Arbeiten für Null und nichtig.

»Ihr wollt mich wohl ärgern da droben, wie?«, flucht er. Sein Schimpfen nutzt ihm wenig, denn der Sturm fegt ihm nun auch seine eigenen Worte von den Lippen. Niedergeschlagen geht er ins Haus zurück.

Sven lacht, als er den zerknirschten Lars vor sich sieht.

»Hast wohl nicht viel ausrichten können, wie?« amüsiert er sich.

»Das verfluchte Wetter haut einen glatt um!«

»Nun hör mal zu, mein Junge. Eins merke dir für alle Zeit. Wenn du dich hier nicht mit den Naturgewalten arrangierst, bist du ihnen hilflos ausgeliefert. Heiß ist es, wenn du Kühle suchst, der Sturm zerrt an dir, wenn du Wärme suchst. Halligleben bedeutet, die Natur anzunehmen und das Beste daraus zu machen, mein Junge.«

»Brauchst mich nicht über euer Halligleben

aufzuklären. Ich habe das Leben hier schon ausgiebig kennengelernt.«

»Du hast noch keine der großen Sturmfluten erlebt, die Rüge immer wieder heimgesucht haben und die vielen Menschen hier das Leben gekostet haben. Das hier ist nichts für Romantiker. Hier darfst du weder Tod noch Teufel fürchten.« Sven schlurft in die Hinterküche.

Wie recht der Bürgermeister hat, wird Lars mehr und mehr bewußt. »Und ich Dösbaddel glaubte, ein harter Mann zu sein. Weit gefehlt, Lars Petersen!« Gedankenverloren schaut er aus dem Fenster und überhört die Schritte Silkes, die nun neben ihm steht.

»Hallo Lars!« grüßt sie scheu.

»Hallo Deern, wie geht es dir?«

»Mehr schlecht als recht.«

»Bald wirst du dein Zuhause vergessen haben«, erwidert er und nimmt sie in seine starken Arme.

»Ich sehne mich so sehr nach dir!«, flüstert er ihr leise zu. Silke schiebt ihn sanft von sich, denn sie sieht Onkel Sven kommen.

»Warum schiebst du mich denn weg?«, fragt Lars gekränkt und schaut sich um. Als er Sven kommen sieht, ist seine gute Laune dahin.

»Der alte Fuchs hat seine Augen wohl überall.« Wütend kehrt er Sven den Rücken zu. Obwohl er schon einige Wochen mit Silke unter einem Dach lebt, hat sich zwischen ihnen außer ein paar flüchtigen Küssen nichts Weiteres ereignet.

Wie sehr er sich nach dem Mädchen sehnt, weiß nur

er allein. Svens Schatten scheint übermächtig zu sein, denn wohin Lars auch geht, überall spürt er den übermächtigen Willen des Bürgermeisters.

Sven weiß, wie es in Lars Herzen aussieht. So macht er sich seine eigenen Gedanken über die beiden. ›Sollte es tatsächlich zu einer Heirat zwischen Silke und Lars kommen, dann wird Silke sauber in die Ehe gehen. Niemand hier auf Rüge soll ihm, Sven Jacobsen, nachsagen, daß sich der Fremde mit Silke nur amüsieren wolle. Ich werde von Anfang an klare Verhältnisse schaffen, das werde ich den Leuten hier schon beweisen. Bald steht die Bürgermeisterwahl vor der Tür und ich muss nun ganz besonders auf der Hut sein und allen Klatsch und Tratsch schon im Vorfeld ersticken.‹

Immer noch reden die Einwohner von Rüge hinter Silkes Rücken. Was sollen sie auch sonst tun. Gibt es doch wenig Gesprächsstoff auf Rüge.

Hauke Feddersen ist die eifrigste Klatschtante. Immer noch kann er es Silke nicht verzeihen, daß sie Nils zum Gespött der Leute gemacht hat. Jedes Gerücht aus dem Hause des Bürgermeisters und ist es auch noch so belanglos, bauscht Hauke zu einem Staatsereignis auf.

Die Bürger von Rüge gehen ja fast täglich bei Sven ein und aus, denn Svens Aufgaben reichen weit über die eines Bürgermeister hinaus. Alles was die Menschen hier bewegt, wird zuerst mit dem Bürgermeister besprochen. Zudem ist Sven auch Standesbeamter, auch wenn er diese Funktion als solche nur selten ausübt. Daß nun demnächst eine Heirat im Haus des Bürgermeisters ansteht, das hat es seit etlichen Jahren nicht mehr auf Rüge gegeben. Noch einmal versucht Sven sich von den ehrlichen Absichten seines neuen Freundes zu überzeugen: »Lars, hast du dir das gut überlegt?«

»Ja, was ich einmal beschlossen habe, gilt!«

Sven wendet sich gedankenvoll ab und geht in die Küche. ›Was weiß ich denn von Lars? Eigentlich nichts. Daß er aus Hamburg stammt, besagt nicht viel, denn Hamburg ist groß und außerdem weit weg. Silke kenne ich von Geburt an und weiß, daß sie ein blitzsauberes Mädchen ist. Was wäre, wenn er das Mädchen ins Unglück stürzt?‹

Sven kann sich heute Morgen auf nichts Anderes konzentrieren und beschäftigt sich ständig mit dem Geschick der beiden jungen Menschen. Mit einem leichten Knall schlägt er die Aktenmappe wieder zu, die er gerade erst aufgeschlagen hat.

Es klopft an der Tür. Lars steht im Türrahmen. Als er in das besorgte Gesicht des Bürgermeisters schaut, fragt er: »Quält dich etwas, Sven?«

»Eine Frage hätte ich noch an dich.«

»Und die wäre?«

»Was geschieht nach eurer Hochzeit? Willst du für immer auf Rüge bleiben oder willst du nach Hamburg zurückkehren?«

»Wenn ich mit Silke hierbleiben darf, dann möchte ich für immer auf Rüge leben.«

»Das ist ein Wort! Ich kann euch beide hier gut gebrauchen. Eine Frau hat in diesem Haus schon lange

gefehlt. Nur eins mußt du mir versprechen, Lars. Mach'
das Mädchen glücklich, denn Silke bedeutet mir sehr
viel.«

»Das verspreche ich dir.«

»Sag' einmal«, fragt Sven und schaut Lars fest in die
Augen, »hast du nicht noch einige Dinge in Hamburg zu
erledigen? Die werden doch dein Schiff suchen.«

»Nein, ja, ich werde mit dem ersten Schiff fahren, um
meine Angelegenheiten zu regeln!«

»Tu das!«, erwidert Sven nachdenklich.

10

Silke ist eine andere geworden. Obwohl sie Lars von
ganzem Herzen liebt, fehlt ihr trotz allem das Elternhaus.
Ihre Mutter verzeiht es ihr nicht, daß sie sich für den
Fremden entschieden hat. Daß sie zudem schon jetzt mit
dem Fremden unter einem Dach lebt, sorgt für dauernde
Aufregung unter den Halligbürgern.

Eine eisige Wand herrscht zwischen Mutter und
Tochter. Tade Gerdes leidet unsagbar. Lieber heute als
morgen würde er Silke um Verzeihung bitten. ›Wenn ich
doch nur nicht so feige wäre!‹ wirft er sich vor. Sich
gegen Meike durchzusetzen, ist er zu schwach.
Stattdessen hört er sich den neuesten Klatsch an, den
Hauke Feddersen erzählt. Und Hauke versteht es immer
wieder, neue Geschichten in die Welt zu setzen, nur um
seine Haltung zu rechtfertigen. Was ihm heute zu Ohren

gekommen ist, verschlägt ihm die Sprache. Eilig sucht er Nils auf.

»Hör zu Nils!«, beginnt Hauke stockend zu erzählen, weil er weiß, wie sehr Nils die Nachricht treffen wird. »Silke und dieser Fremde werden demnächst heiraten. Was sagst du dazu?«

Nils, der mit offenem Mund zugehört hat, fragt betroffen: »Ist das wirklich wahr, was du mir erzählst, Vater? Silke will diesen Fremden tatsächlich heiraten?« Nils wird aschfahl.

»Bleiben die beiden etwa hier auf Rüge wohnen?«

»Soviel ich von Sven weiß, werden die beiden bei Sven wohnen bleiben.«

»Aus, für immer aus und vorbei!« Nils sinkt in sich zusammen.

Die Leute spotten nun erst recht über ihn, als sie erfahren, daß Silke diesen Fremden demnächst heiraten will.

»Geschieht ihm nur recht.

Hätte Nils um Silke gekämpft, wer weiß, vielleicht hätte Silke es sich doch noch überlegt«, sagen sie hinter verhaltener Hand. Silke und Lars hören von alledem nichts, denn ihr Leben spielt sich fast ausschließlich im Hause Jacobsen ab.

An einem wunderschönen Sommertag heiraten Lars und Silke im engsten Kreis. Nur die Trauzeugen, der Briefträger Fred Paulsen, Pfarrer Uwe Klein und Sven als Standesbeamter sind zugegen.

Schmunzelnd erklärt Sven nach der Eheschließung:

»Das war meine erste echte Amtshandlung im eigenen Haus.«

Silke weint viel an diesem Tag. Wie anders hatte sie sich ihren schönsten Tag vorgestellt. Ohne Eltern und ohne Freunde wird für sie der schönste Tag im Leben einer Frau zu einer einzigen Qual.

Nicht einen einzigen Kartengruß hatten sie erhalten. Wenn sie nicht so verliebt in Lars gewesen wäre, wer weiß, ob sie die seelischen Qualen überstanden hätte, die ihr die Rügener Bürger zufügten.

Der Sommer hat sich verabschiedet und räumt dem Herbst seinen Platz. Es ist Anfang Oktober. Fast ein Jahr wohnt Lars nun auf Rüge. Nie hätte er es sich träumen lassen, daß er hier heimisch werden würde.

Mit der Zeit hatte er sich an dieses rauhe Stück Erde gewöhnt und es auch ein wenig lieben gelernt. ›Habe ich mit Silke nicht das große Los gezogen?‹ denkt er über sein Leben nach. ›Niemals würde ich mein jetziges Leben gegen mein altes eintauschen. Die harten Seemannsjahre waren ja auch kein Zuckerschlecken. So ist mir mit dem Verlust meiner Gloria auch viel Gutes widerfahren.‹

Er erschrickt, als ihm aus der Tiefe seiner Seele ein Mädchengesicht anlächelt. ›Thea, verzeih mir‹, bittet er. ›Was habe ich dir angetan? Wie sehr habe ich dich geliebt. Doch Silke liebe ich auch. Oder liebe ich euch beide? Kann man zwei Frauen gleichzeitig lieben! Vielleicht!‹ beendet er seine quälende Gedanken.

Sven, der gerade die Stube betritt, hört Lars murmeln. Besorgt fragt er: »Geht es dir nicht gut, mein Junge?«

»Wie kommst du darauf?« Am liebsten hätte sich Lars selbst aufs Maul gehauen. ›Was ist, wenn Sven eines Tages von meinem Doppelleben erfährt? Es wird schon alles gut ausgehen‹, beruhigt er sich schnell wieder.

›Thea ist weit weg und ich habe in Silke das schönste Mädchen gefunden, für das es sich zu leben lohnt!‹ Er lächelt bitter.

»Mach dir keine Sorgen um mich, Bürgermeister«, versucht er Sven zu beruhigen. "Wo steckt Silke?«

»Ich glaube in der Küche.« Lars geht zur Küche.

»Komm mal mit, Deern!« Er winkt Silke frohgelaunt zu sich.

»Wohin?«

»Na, komm schon!«

»Lars, was hast du vor?« Sven sieht beide an und zuckt dann mit den Schultern.

»Du, ich freue mich, ich bin einfach glücklich und vergnügt«, lacht Lars und führt die beiden in die Gaststube. Dort holt er drei Gläser aus dem Schranktresen, schenkt ein und prostet den beiden vergnügt zu: »Hier, geelen Köm! Zum Wohl'!«

»Muß ich dieses Teufelszeug trinken, Lars?«

»Runter damit!«, fordert Lars sie auf.

»Brr«, schüttelt Silke sich, »was soll das?«

Auch Sven bekommt rote Ohren, als er nun das zweite Glas Köm hinunterspült. »Was ist denn heute in dich gefahren?« Kopfschüttelnd stellt Sven das leere Glas auf den Tresen zurück.

»Das kann ich dir ganz einfach erklären. Ich freue

mich, daß ich das schönste Mädchen auf Rüge nun mein eigen nennen darf. Das ist alles!«

Betretendes Schweigen. Sven und Silke schauen sich an. Will Lars sie narren? »Hoffentlich fallen dir nicht des öfteren solche Schnapsideen ein!« schüttelt sich Silke immer noch.

»Komm Mädchen, eine Seemannsbraut muß einiges vertragen können, stimmt's, Sven?«

11

Es ist Anfang März. Lars wartet sehnsüchtig auf das erste Versorgungsschiff, das Rüge ansteuern wird.

›Wie bekomme ich in Hamburg nur alles geregelt, ohne das jemand von meiner Existenz erfährt?‹ sinniert er über seine Vergangenheit. ›Was will ich eigentlich in Hamburg? Ob Thea nach mir gesucht hat oder hat suchen lassen? Wer weiß, wie es ihr geht?‹

»Du bist ein ganz gemeiner Schuft, Lars Petersen!« hört er seine eigene Stimme. Kalt läuft es ihm den Rücken hinunter. Er haßt seine Vergangenheit, an die er nie mehr erinnert werden möchte.

Und doch wird er immer wieder mit ihr konfrontiert.

Ein kräftiger Windstoß hebt einen Fensterladen aus der Verankerung.

»Verdorri, noch mal. Hört denn der Sturm hier niemals auf?« schimpft er laut.

Sven, der Lars schimpfen hört, kommt nun belustigt

auf ihn zu. »Schimpfen nutzt dir gar nichts, mein Junge. Ich sagte dir bereits, daß du jeden Tag aufs Neue mit dem Sturm kämpfen mußt.« Amüsiert schaut er auf den fluchenden Lars.

»Du hast wohl deine Augen und deine Ohren überall, wie?«, erwidert Lars grimmig.

»Ein Bürgermeister muß seine Augen und Ohren überall haben. Wenn du, wie ich, siebzig Jahre lang hier auf der Hallig gelebt hast, bekommst du ebenso wachsame Augen und Ohren wie ich, Lars Petersen.«

»Wird wohl so sein! Weißt du schon einen genauen Zeitpunkt, wann hier ein Schiff anlegen wird?«

»Nee, aber es kann nicht mehr lange dauern. Das Eis ist aufgebrochen und dann geht es ja wieder los.«

12

Der langerwartete Versorger läuft Rüge an. Lars ist sehr unruhig. Nervös läuft er an der Anlegestelle auf ab. Als das Schiff dann endlich am Anlegeplatz festmacht, beruhigt er sich. Nach gut dreistündiger Fahrt legt das Schiff in Dagebüll an.

Lars ist geblendet, als er einen Tag später auf seine Heimatstadt schaut. »Daß ich dich, mein Hamburg, noch einmal wiedersehen darf!«

Absichtlich hat er seine Seemannsmütze tief ins Gesicht gezogen. Die vorbeihastenden Menschen nehmen keinerlei Notiz von ihm. Zielstrebig steuert er dem

Seemannsamt zu. Doch was er sucht, findet er nicht. Nirgendwo kann er eine Vermißtenanzeige von sich und seinem Kahn entdecken. Um seine Nerven einwenig zu beruhigen, schlendert er ziellos durch die Straßen. Ohne es zu wollen, hat er den altvertrauten Weg zu seinem Elternhaus eingeschlagen. Er erschrickt, als er seinen Namen an der Haustür liest.

›Was hat mich hierher getrieben?‹ sagt er laut und kehrt ruckartig dem Haus den Rücken. Als wäre der Leibhaftige hinter ihm her, geht er den Weg zum Hafen zurück. Erst als er dort angekommen ist, schaut er sich vorsichtig um. ›Hoffentlich hat mich niemand gesehen. Ob Thea noch in dem Haus wohnt? Nichts wie weg. Nur wohin? Erst in zwei Wochen steuert das nächste Schiff Rüge an.‹

»Was quält dich Kumpel?«, hört er jemanden neben sich fragen. Erschreckt schaut er zur Seite. »Gott sei Dank!« Er atmet befreit auf.

»Was ist. Noch nie nen Schwarzen gesehen?«

»Mir doch egal, ob du schwarz oder weiß bist!«, erwidert Lars erleichtert.

»Warum, hast du dich denn so erschreckt, Kumpel?«, fragt der Schwarze in fast akzentfreiem Deutsch.

»Wie kommst du darauf, ich hätte mich erschreckt?« Was hätte er dem Schwarzen antworten sollen? Daß ihm die Lüge so glatt über die Lippen kommt, beruhigt seine angeschlagenen Nerven.

»Billy Thomson!«

»Lars Petersen!«

»Wie ist es mit einem Bier? Ich hab noch Zeit.« Lars wäre lieber alleine seine Wege gegangen, doch irgendwie möchte er sich auch verstecken.

»Meinetwegen!« Schon zwei Straßen weiter finden sie eine gemütliche Hafenkneipe. Zigarettenqualm schlägt ihnen entgegen, als sie eintreten. In einer Ecke des Raumes finden sie noch zwei Plätze.

»Reichlich verqualmt, hier!«

Lars gibt keine Antwort.

»Was ist, Kumpel, traurig?«

»Nee, hab nur über etwas nachgedacht.«

»Scheinst wohl reichlich Probleme zu haben, wie?«

»Das kann man wohl sagen. Habe mein ganzes Hab und Gut verloren.«

»Weiber?«

»Nee, meinen Kutter, draußen vor der Küste.«

»Warum?«

»Bin in einem Sturm geraten, der den Kutter auf einen Felsen unsanft aufgesetzt hat. Alles im Eimer.«

»Na, dann komm doch mit mir, Kumpel. Auf meinem Schiff werden noch Leute gesucht!«

»Wann legt ihr ab?«

»Heute Nachmittag.«

»Nee, hab keine Lust. Da gehe ich lieber wieder auf die Insel.«

»Welche Insel?«

»Eine Hallig irgendwo im Wattenmeer.«

»Weibergeschichten, was?«

»So kann man es nennen.«

»Na, dann wünsche ich dir viel Glück bei deinem Untergang.«

»Wieso Untergang? Immerhin wartet eine schmucke Deern auf mich.«

»Was treibst du hier in Hamburg?«

»Suche meine Angehörigen!«

»Hast du sie gefunden?«

»Nee, ist niemand da.«

»Ist aber eine schöne Geschichte, die du mir erzählst.«

»Komm, ich geb' dir lieber einen aus.«

»Willst wohl ablenken, was?«

»Ja, schon, will nicht weiter drüber reden.«

»Na, geht mich ja auch nichts an. Prost!«

Eine ganze Zeit lang hängen sie noch ihren Gedanken nach.

13

Die Angst sitzt Lars immer noch im Nacken, wenn er an Hamburg zurückdenkt. Daß er mit heiler Haut davongekommen ist, hatte er letztendlich sich selbst zu verdanken. So selten wie möglich hatte er sein Hotelzimmer verlassen und sich nur abends wie ein Dieb durch die Straßen geschlichen.

Wie gerne wäre er zu Thea gegangen und hätte dem ganzen Spuk ein Ende gesetzt. Hin und her gerissen zwischen Sehnsucht, Schuld und Begehren, zogen die Tage in Hamburg qualvoll dahin.

›Eines Tages wird mich Thea vergessen haben und

einen anderen Mann kennen lernen‹, beruhigt er sich.

Er stößt ein bitteres Lachen aus, wie so oft in letzter Zeit. ›Was wäre, wenn ich in Hamburg geblieben wäre? Hätten Sven und Silke nach mir gesucht? Sicherlich hätten sie das getan und mich auch gefunden. Dann schon lieber Thea enttäuschen, als die unschuldige Silke, die so sehnsüchtig auf meine Rückkehr gewartet hatte.‹

Er sieht Silke noch vor sich, die wie ein verängstigtes Reh am Halligufer gestanden hatte. Überglücklich war sie auf ihn zugelaufen, als sie ihn erblickte.

»Daß du wieder zurückgekommen bist!«

»Hast du etwa an meinen Worten gezweifelt?« Forsch hatte Lars in ihre Augen geschaut und alle Register seines schauspielerischen Könnens gezogen.

»Nein, aber die Leute reden oft so komische Sachen«, hatte Silke erwidert.

»De Lüd, de künnt uns all tosom mol fix.« hatte er wütend reagiert. »Hör nicht auf deren Geschwätz, Deern!«

Er wollte sie stürmisch in die Arme nehmen, doch sie wehrte sich: »Was sollen denn die Leute von uns denken!«

Enttäuscht wollte Lars aufbegehren, als sich ein anderes Mädchengesicht zwischen sie drängte.

»Thea!«, hatte Lars laut gestöhnt und sich über die Heftigkeit seiner eigenen Worte erschreckt. Unsicher hatte er Silke angesehen. Die Wiedersehensfreude war dahin.

»Wer ist Thea?«, hatte Silke gefragt und ihn so

seltsam angesehen.

»Thea ist meine Schwester!«

»Du hast eine Schwester?«

Aus riesengroßen Augen hatte Silke ihn angesehen.

Am liebsten hätte er sich selbst aufs Maul gehauen, so wütend war er über sich selbst.

»Nur eine Halbschwester.«

»Wohnt diese Thea, ich meine, deine Halbschwester auch in Hamburg?«

»Nee, irgendwo im Ausland.«

Schweigend waren sie dann ihren Heimweg angetreten und eine nie gekannte Wehmut hatte sich um Silkes Herz gelegt. Alle Sorglosigkeit, die sie mit Lars verband, war plötzlich dahin.

Lars spürte Silkes Veränderung. ›Ich Dösbaddel!‹ schalt er mit sich. ›Warum mußte Thea sich ausgerechnet in dem Augenblick zwischen uns stellen!‹

Gottlob hielt Silkes Mißtrauen nicht lange an und die altvertraute Harmonie stellte sich schnell wieder zwischen ihnen ein.

Lars atmet noch heute befreit auf, daß sich zwischen ihm und Silke die alte Vertrautheit wieder eingestellt hat, denn ihr Mißtrauen behagte ihm gar nicht.

»Nie wieder werde ich Silke zweifeln lassen, das schwöre ich.«

14

Die letzten Maientage haben sich verabschiedet. Die Luft ist rauh und salzig. Die Halligwiesen sind nun vom Strandbeifuß und Strandflieder geradezu übersät. Eine Brandseeschwalbenkolonie hat sich auf den Halligwiesen niedergelassen, um ihren Nachwuchs auszubrüten. Hinter gelbem Hahnenfuß versteckt, sitzt ein Austernfischer und beschützt seine gerade geschlüpften Küken.

Ein Anblick, der nicht nur die Halligbewohner jedes Jahr aufs Neue entzückt. Auch die Urlauber haben ihre helle Freude an den Pflanzen und Tieren, die hier beheimatet sind.

Ebenfalls das Ehepaar Herta und Willi Kaiser aus Flensburg, zehren vom Anblick der ungestümen Natur. Das Ehepaar, das bereits zum fünften Mal bei Tade und Meike Gerdes seinen Urlaub verbringt, ist immer wieder von Rüge begeistert. Die beiden genießen die grenzenlose Freiheit, die sie an jeder Ecke des kleinen Eilandes finden. Das Meer, der Wind und der endlos weite Himmel, der ihnen ein Gefühl von Freiheit gibt, beeindruckt die beiden. Herta Kaiser hört sich gerade die Neuigkeiten an, die ihr Meike erzählt.

»Wie bitte? Silke hat einen Fremden geheiratet und nicht Nils?« Herta Kaiser ist sprachlos. Die Erregung ist ihr anzumerken.

»Heißt das, ihr habt keinen Kontakt mehr mit Silke?«, will die mollige Herta wissen.

»Ja, Silke hat nicht nur Nils lächerlich gemacht, sie hat auch unsere Silberhochzeit platzen lassen!«

»Das ist ja ungeheuerlich!« erregt sich Herta.

»Glaube mir, es fällt mir nicht leicht, über Silke und diesen Fremden zu reden, doch was soll ich dir sagen, der Fremde wurde sozusagen auf die Hallig gespült.«

»Gespült? Wie meinst du das?«

»Lars Petersen, so heißt der Fremde, strandete vor eineinhalb Jahren im November hier auf Rüge. An diesem Tag tobte draußen ein orkanartiger Sturm. Gerade noch rechtzeitig konnte er sich in Sicherheit bringen. Seinen Kahn hat er nie wiedergesehen. Sven Jacobsen nahm ihn damals bei sich auf und dort wohnt er auch heute noch. Und Silke ist bei ihm.«

»Wie hat Nils reagiert?«

»Frag mich lieber nicht. Tade und mir ist es sehr peinlich, den Feddersens zu begegnen. Niemals werden sie es uns verzeihen, daß Silke sich für den Fremden entschieden hat!«

»Woher kommt der?«, fragt Herta Kaiser interessiert.

»Aus Hamburg!«

»Heißt das, daß er und Silke auf Rüge bleiben wollen?«

»Wir wissen es nicht genau, doch Hauke machte neulich so eine Andeutung. Trotzdem hoffen wir immer noch, daß Silke bald ihren Entschluß bereuen wird und wieder reumütig zu Nils zurückkehrt.«

»Und das glaubst du wirklich?«

»Ich bin mir da ganz sicher, daß der Fremde Silke

nicht glücklich machen wird«, erwidert Meike gereizt.

»Du magst den Fremden wohl nicht?«

»Mehr noch, ich verachte ihn. Pfui!«

»Vielleicht täuschst du dich und Silke wird mit ihm glücklich?«

»Nein, niemals kann sie mit einem dahergelaufenen Seemann glücklich werden! Das weiß ich!«

»Glaubst du denn, daß man einem verliebten jungen Mädchen die Liebe ausreden kann?«

»Was versteht die dumme Deern denn schon von der Liebe?«

»Daß du dich da man nicht täuschst, Meike!«

Herta wird die Unterredung allmählich peinlich. Befremdet schaut sie auf die Freundin, die heute so ganz anders ist als sonst. Sie gewinnt immer mehr den Eindruck, daß Meike alle Menschen haßt, die ihr nicht zu Willen sind.

»Bei uns herrschen andere Sitten und Gebräuche als bei euch auf dem Festland, vergiß das bitte nicht!«

»Trotzdem finde ich es aufregend, daß sich Silke für die Liebe entschieden hat. Nichts gegen Nils. Nils ist ein lieber und verläßlicher Junge, doch reicht das für eine Ehe?«

»Ja und nochmals ja! Silke wäre mit Nils hundertmal glücklicher geworden als mit diesem angespülten Seemann.«

15

Fünf Jahre später. Silke und Lars feiern ihren fünften Hochzeitstag. Mit der Geburt der nun dreijährigen Verena ist das Glück im Hause Jacobsen eingezogen.

Sven ist regelrecht vernarrt in die quirlige Kleine. Er, dem eigene Kinder versagt geblieben waren, erlebt nun Großvaterfreuden, von denen er nie zu hoffen gewagt hatte. Obwohl er weder verwandt noch verschwägert mit den Dreien ist, genießt er seine Großvaterrolle in vollen Zügen.

»Endlich habe ich wieder eine Familie, mit allem was dazugehört!«, hatte Sven bei der Geburt Verenas freudig gesagt.

»Wie ist es, Silke«, hatte Sven sie eines Tages gefragt, »wenn ich dich nun fragen würde, mir einwenig bei dem Schreibkram zu helfen. Würdest du ja sagen?«

Silke war anfangs nicht sonderlich begeistert von der Idee Onkel Svens, doch mit der Zeit hatte sie sich an die neuen Aufgaben gewöhnt und war ihm eine treue und fleißige Hilfe geworden.

Wo sollten sie und ihre kleine Familie denn sonst hin? Da ihre Eltern den Kontakt zu ihr abgebrochen hatten, war sie froh, ein neues Zuhause zu haben.

Meike und Tade Gerdes hatten nicht einmal auf die Geburt der kleinen Verena reagiert.

»Die lüttje akzeptiere ich nicht als mein Enkelkind, ebenso wenig den Rest der Familie!«, erzählt Meike allen, die es wissen sollen.

Um so mehr liebt Sven die kleine Verena und verwöhnt sie nach Strich und Faden.

Ist Verena auch erst drei Jahre alt, so hat sie doch schon ein feines Gespür dafür entwickelt, wie sie den gutmütigen Onkel um den Finger wickeln kann.

Lars ärgert sich maßlos darüber, daß Sven die Erziehung der Kleinen übernommen hat. Anfangs hatte er es sehr begrüßt, daß sich der Onkel so liebevoll um die Tochter kümmerte, doch mit der Zeit geht ihm Svens Fürsorge doch zu weit.

»So kann es einfach nicht weitergehen«, klagt Lars Silke sein Leid.

»Ich weiß«, erwidert Silke zähneknirschend. »Was sollen wir tun, Lars? Vergiß nicht, daß wir unter seinem Dach leben.«

»Ja und das nutzt Sven auch reichlich aus.«

»Trotzdem dürfen wir Onkel Sven nicht verletzen. Er fühlt sich so glücklich in seiner Großvaterrolle!«

»Ja, ja, halte du nur zu deinem guten Onkel.« Grinsend schaut er auf Silke hinunter, die gut zwei Köpfe kleiner ist als er. ›Erstens lebst du in seinem Haus, und zweitens bist du ein erbärmlicher Feigling, Lars Petersen!‹ resümiert er. Die Gelegenheit, mit Sven unter vier Augen zu sprechen, ergibt sich schon bald, als Sven mit Verena an der Hand die Stube betritt.

Als Lars, die beiden so vertraut miteinander reden hört, schwillt sein Kamm verdächtig an.

»Komm zu Papa, Verena!« Er will Verena an sich ziehen, doch diese protestiert energisch.

»Will nicht!« plappert sie. Als Lars Verena gewaltsam an sich ziehen will, beginnt diese, aus Leibeskräften zu schreien.

»Hör auf zu schreien!«, befiehlt Lars.

Verena beginnt nun noch lauter zu weinen und wirft sich wütend auf den Boden.

Als Lars in Svens mahnende Augen schaut, wird er rasend vor Eifersucht. »Verdammt noch mal Sven Jacobsen, du stiehlst mir mein Kind nicht länger!«

Verena, die immer noch weinend am Boden liegt, brüllt immer lauter, weil niemand sich um sie kümmert.

Wie zwei Kampfhähne stehen Lars und Sven sich gegenüber. »Schon lange muß hier mal ein ernstes Wort zwischen uns gesprochen werden, Sven Jacobsen!«

»So, warum denn? Bist wohl eifersüchtig auf mich, wie?«

Die Ruhe und Gelassenheit, die Sven ausstrahlt, bringen Lars mehr und mehr auf die Palme. Drohend baut er sich vor Sven auf.

»Wiederhole das noch mal! Wer ist hier eifersüchtig?«

»Wenn es dir Spaß macht: Du, du Dösbaddel, bist eifersüchtig.«

»Genug, Bürgermeister!«

»Wer hat denn mit dem Streit angefangen?«

»So, Streit nennst du das? Du nimmst mir meine Tochter weg und ich soll das alles ruhig hinnehmen?«

»Sehe es doch, wie du es sehen willst. Ich liebe Verena wie mein eigenes Enkelkind!«

»Will das nicht in deinem Dickschädel hinein? Ich

lasse mir meine Tochter von dir nicht wegnehmen, hast du mich verstanden?«

»Du schreist ja laut genug, Lars Petersen!«

Silke hat den Lärm gehört und hastet herbei.

Als sie die wütende Stimme ihres Mannes vernimmt, bleibt sie wie angewurzelt stehen. ›Was soll ich tun?‹ überlegt sie blitzschnell. ›Hineingehen oder verschwinden? Gehe ich hinein, dann muß ich Partei ergreifen und für wen, liegt auf der Hand. Nein, ich kann nicht hineingehen, denn das macht alles nur noch schlimmer.‹

Auf Zehenspitzen sucht sie das Weite. Erst als die kleine Verena erneut zu weinen beginnt, kommen die beiden Kontrahenten in die Gegenwart zurück.

»Nimm dein geliebtes Enkelkind nur in die Arme, Sven Jacobsen!«

»Worauf du dich verlassen kannst.«

»Rühr sie nicht an!«

»Bist du von allen guten Geistern verlassen?«

»Du rührst sie nicht an!«

»Was soll das?« Sven wird sichtlich unruhig.

»Ich werde mich selbst um mein Kind kümmern. Hau endlich ab!«

»Du willst mich aus meinem Haus jagen?«

»Nicht aus deinem Haus, nur aus diesem Zimmer.«

»Was bist du nur für ein Mensch? Dir habe ich einst Zuflucht gewährt. Ich muß verrückt gewesen sein!«

»Nicht nur damals, auch heute noch! Hast du mich verstanden, Sven Jacobsen? Steh auf Verena!«

»Will zu Opa Sven«, begehrt die Kleine.

»Da siehst du, zu wem die Deern will?«

»Nun ist es aber genug! Raus sage ich, hau ab, bevor ein Unglück geschieht!« schreit Lars.

»Dazu wärst du imstande?«

»Ich wäre noch zu ganz etwas Anderem imstande! Glotz mich nicht so an, verschwinde!«

Schleunigst sucht Sven das Weite. So findet Silke den am ganzen Leib zitternden Onkel.

»Was ist geschehen, Onkel Sven?«, fragt sie, als wisse sie von nichts.

»So kann es mit deinem Mann nicht weitergehen.«

»Ich verstehe nicht.«

»Oh doch, du verstehst mich nur zu gut.«

»Verzeih, Onkel Sven, ich schäme mich für Lars.«

»Weißt du, wie es weitergehen soll?«

»Nein.«

»Siehst du, ich weiß mir auch keinen Rat. Verwöhne ich die Kleine wirklich so sehr?«

»Du übertreibst schon ein wenig, Onkel.«

»Du bist der gleichen Meinung wie der da drinnen?«

»Ich schäme mich für seinen Auftritt.«

»Also hast du den Streit eben mitgehört?«

»Nicht alles.«

»Sagst du mir die Wahrheit, Silke?«

»Ja, ich bekam es mit der Angst zu tun, als ich Lars schreien hörte.«

»Arme Deern, wie soll es nur weitergehen. Der Grobian hat die beste Frau der Welt bekommen und sie nicht verdient.«

»Nimm ihm das nicht so übel. Seine Nerven sind im Moment nicht die Besten.«

»So, du nimmst diesen Flegel auch noch in Schutz?«

»Ich liebe ihn«, Onkel Sven.

»Verzeih, daran hatte ich nicht gedacht.«

»Warum bist du so ironisch?«

»Bin ich nicht!«

»Wirklich nicht?«

»Ich schwöre!«

»Dann wird ja alles gut werden.«

»Glaubst du daran, Silke?«

»Halte ein wenig Abstand zu Verena und du wirst sehen, er wird sich beruhigen.«

»Bist du sicher?«

»Ganz sicher!«

»Warum macht die Eifersucht die Menschen so krank, Silke?«

»Wenn ich dir darauf eine Antwort geben könnte, wäre mir wohler. Was ist Eifersucht? Ist die Eifersucht nicht nur ein Festklammern an etwas, was uns nicht einmal gehört, sondern das wir nur besitzen wollen?«

»Das hast du gut interpretiert, Silke. Ich danke dir, daß du deinen alten Onkel einwenig verstehst.«

»Du bist nicht alt.«

»Danke für die liebgemeinten Worte, doch leider macht das Alter vor niemandem Halt, auch vor mir nicht.«

16

Zehn Jahre später. Verena ist inzwischen 13 Jahre alt. Immer noch hütet Sven das Mädchen wie seinen Augapfel.

Lars hat es niemals ernsthaft versucht, Sven den nötigten Widerstand entgegenzubringen, wenn es sich um Verena handelt. Alle Ansätze, die er startet, scheitern an Silkes Ängstlichkeit.

Lange schon hat er seinen Widerstand gegen seine Familie aufgegeben und ist mit der Zeit zur Marionette seiner eigenen Gefühle geworden.

»Wir dürfen Onkel Sven nicht zu sehr reizen, Lars. Er fühlt sich so glücklich in seiner Großvaterrolle«, hatte Lars immer wieder von Silke zu hören bekommen.

»Ja, ist ja schon gut, ich gehe ja schon«, erwidert er müde und mutlos. »Was ist mit dir los, Lars Petersen, was mit deiner großen Liebe? Warum bist du Dummkopf damals nicht in Hamburg geblieben? Weil du ein entsetzlicher Feigling bist, ja wohl. Schau dir nur ins Gesicht! So sieht ein Feigling aus. Ein Feigling, der Angst vor dem Leben hat! Sieh nur in den Spiegel!«

»Mit wem sprichst du Lars?« Verwundert schaut Silke sich um. Wieder einmal ist sie Zeugin seiner Selbstgespräche geworden.

»Warum spionierst du mir hinterher? Aber das macht ihr ja alle hier!«

»Warum haßt du mich nur so?« Traurig spricht sie das aus, was lange schon zur bitteren Wahrheit geworden ist.

»Die Antwort liegt alleine bei dir!«

»Lars, was ist nur uns und unserer Ehe geworden?« Silke beginnt zu weinen.

»Das fragst du mich, ist dir dein Onkel nicht tausendmal lieber als ich? Ach was! Scher dich zum Teufel, Silke Petersen!«

»Lars, Lars, versündige dich nicht!«

»Wer versündigt sich hier?« Verachtung klingt aus seinen Worten.

»Ich verstehe dich nicht.«

»Weil du mich nicht verstehen willst!«

Krachend schlägt Lars mit der flachen Hand auf den Tisch. Die Tischplatte bebt. So wütend hat Silke ihn bisher noch nie erlebt. Ängstlich sagt sie: »Lars beruhige dich!«

»Im Gegenteil. Jetzt geht es erst richtig los!« schreit er seine aufgestaute Wut hinaus.

Weinend läuft Silke davon und stößt beinahe mit Onkel Sven zusammen. »Ist der Teufel hinter dir her, Deern?«

»Nein, es ist alles in Ordnung.«

»Erzähle mir nichts, Mädel, du hast doch etwas auf dem Herzen!«

»Ich bin der Übeltäter, Jacobsen.« Breitbeinig verstellt Lars Sven den Weg. Feindschaft und Verachtung liest Sven aus Lars Blicken.

»Und warum?«

»Das fragst du, du scheinheiliger Patron?«

»Was soll das denn heißen?«

»Genau das, was ich dir jetzt sagen werde, Bürgermeister!«

»Was ist in dich gefahren, spinnst du?«

»Ich denke gar nicht daran und werde dir mal meine Meinung sagen, du großzügiger Onkel, du!«

»Wie sprichst du mit mir?«

»Wie ich schon lange mit dir hätte reden müssen!«

»Erlaube mal.«

»Nichts erlaube ich. Meine Ehe mit Silke steht nur noch auf dem Papier, und daran bist du nicht ganz unschuldig, lieber Onkel Sven, wie Silke und Verena dich nennen. Doch mir machst du nichts vor! Ausgenutzt, daß ich hier fremd bin! Ausgenutzt, daß alles hier dein Eigentum ist! Ausgenutzt, daß du hier der einflußreichste Mann bist!« Lars redet sich um Kopf und Kragen.

Mühselig ringt Sven nach Luft. Er versucht krampfhaft, den oberen Knopf seines Hemdes zu öffnen. Es gelingt ihm nicht. Flehend schaut er Lars an und deutet auf seinen Hemdenknopf hin.

Lars übersieht absichtlich seine Bitte.

Er hat kein Mitleid mit dem Mann, der ihn im Laufe der Jahre zur Marionette gemacht hat.

»So nun weißt du, wie ich über dich denke und wenn du noch ein bißchen Ehrgefühl im Leibe hast, dann läßt du Silke und vor allen Dingen meine Tochter in Ruhe! Hast du mich verstanden?«

»Bist du fertig?«, stöhnt Sven.

»Ich glaube, ich habe dir das gesagt, was meine Seele

jahrelang belastet hat.«

»So, deine zarte Seele war jahrelang belastet. Ist das der Dank, daß ich dich damals bei mir aufgenommen habe und euch, und auch deinem Kind ein Zuhause gegeben habe?«

»Du hast ja förmlich darum gebettelt, daß wir bei dir bleiben sollten.«

»Kann mich aber auch noch gut daran erinnern, daß es dir damals sehr gelegen kam, als ich dir und Silke ein Zuhause angeboten habe.«

»Das hast du aber auch reichlich ausgenutzt!«

»Nenne, wie du es willst, doch glaube mir, ich werde dafür sorgen, daß du Silke nicht noch unglücklicher machst, als sie es jetzt ohnehin schon ist.«

»Meinetwegen sorge dich nur um dein heißgeliebtes Patenkind.« Drohend stehen sie sich gegenüber.

»Bist du fertig?« Mühsam ringt Sven nach Luft.

»Ich glaube schon!«

Niemand der beiden bemerkt Silke, die nun mit angstgeweiteten Augen auf die wutverzerrten Gesichter der beiden Männer blickt. ›Das sollen Onkel Sven und ihr Lars sein? Nein, unmöglich, das sind nicht dieselben Menschen, die ich bisher kannte, die ich geliebt habe.‹ Sie ist im Begriff davonzulaufen, als sie ein kurzes, dumpfes Stöhnen hört. Als sie sich umdreht, sieht sie Onkel Sven zu Boden stürzen.

»Nein Onkel Sven!«, schreit Silke entsetzt. Als sie sich zu dem Onkel hinunter beugt, hört sie ihn flüstern: »Mädchen, jag ihn davon!«

»Bitte, Onkel Sven, bleibe ganz ruhig liegen! Wir werden sofort Hilfe holen!«

Ein letztes Mal bäumt sich Sven auf, als wolle er sich gegen den Tod wehren, der ihn schon eisern umklammert hält. Ein letztes Lächeln auf seinem Gesicht, dann sinkt er in sich zusammen.

»Nein!«, schreit Silke. Sie kann und will es nicht wahrhaben, daß ihr geliebter Onkel nun für immer von ihr gegangen ist.

Schluchzend drückt sie ihm die gebrochenen Augen zu. Anklagend schaut sie zu Lars hoch.

»War es das, was du wolltest?«

»Was ist, warum starrst du mich so an? Hör endlich auf zu weinen! Ach, das geht mir alles auf die Nerven!« Silke sieht ihn lange an und wendet ihren Blick dem Fenster zu. Sie hat kaum noch Tränen.

Lars, dem ihre anklagenden Blicke Unbehagen bereitet haben, spottet: »Weine nur um deinen geliebten Onkel, den du ja immer mehr geliebt hast als mich.«

»Was bist du bloß für ein Mensch, Lars Petersen.« Jedes Wort, das Silke nun ausspricht, bereitet ihr große Mühe. Sie fühlt sich so elend wie lange nicht mehr. Hilfesuchend schaut sie sich um.

»Schau dich nur um, dein geliebter Onkel kann dir ja nun nicht mehr helfen!« grinst er frech.

»Hinaus mit dir!« Außer sich vor Zorn und Schmerz weist Silke ihm die Tür. Als er gegangen ist, bricht sie weinend zusammen.

Die Nachricht vom Ableben des Bürgermeisters trifft

die Halligbewohner tief. Die Menschen rätseln über den plötzlichen Tod des resoluten Bürgermeisters. Silke schweigt beharrlich. Niemandem hat sie auch nur ein Sterbenswörtchen von der Auseinandersetzung zwischen Lars und Sven erzählt.

Nur gut, daß Verena zum Zeitpunkt des Streites, nicht zu Hause war. Wie hätte sie reagiert, wenn sie erfahren hätte, warum der geliebte Onkel einen so schnellen Tod gefunden hatte. Tagelang schließt sie sich in ihrem Zimmer ein und ist für niemanden zu sprechen. Nur widerstrebend nimmt sie am Familienleben teil. Zum ersten Mal wird Verena direkt mit dem Tod konfrontiert. Der plötzliche Tod des geliebten Onkels hat in ihr tiefe Wunden hinterlassen.

Zu allem Unglück zanken sich nun auch noch ständig ihre Eltern. Ihnen kann sie schon gar kein Vertrauen entgegenbringen.

Mit sich und der ganzen Welt alleine gelassen, sucht sie eines Tages heimlich ihre Großeltern auf.

Meike Gerdes ist nicht sonderlich erfreut darüber, daß sie sich mit den Problemen der Enkeltochter auseinandersetzen muß.

»Erzähle deinen Eltern deinen Kummer und komm nicht zu mir!« Meike ist wütend auf ihr Enkelkind und zeigt es auch ungeniert. Die verängstigte Verena will gerade umkehren, als sie Opa Tade kommen sieht.

»Das ist aber eine Überraschung. Ich freue mich, dich hier zu sehen, Verena«, begrüßt Tade das völlig verängstigte Mädchen. Als Verena spürt, daß ihr der Opa wohlgesonnen ist, atmet sich erleichtert auf.

»Wo drückt denn der Schuh?«, fragt er besorgt. Als hätte Verena nur auf seine Frage gewartet. Wie ein Wasserschwall redet sie sich ihren Kummer von der Seele.

»Also doch!«, keift Meike, als sie hört, was Verena ihnen von den Eltern erzählt.

»Nun beruhige du dich erst einmal, Meike!« Fürsorglich legt Tade seinen Arm um seine Frau.

»Laß das!« zischt sie. Tade ist irritiert. Laut hört er seine Frau fluchen. »Zum Teufel mit diesem Fremden! Habe ich Silke nicht von Anfang an vor diesem Mann gewarnt, der nicht nur über Silke, sondern über uns alle Unglück gebracht hat?«

Tade verläßt niedergeschlagen das Zimmer.

Verena folgt dem Opa, denn sie mag die zänkische Oma nicht, die so ganz anders als Mama ist.

»Du kannst uns jeden Tag besuchen kommen, Deern!« ermuntert Tade sein Enkelkind.

»Aber Oma Meike mag mich nicht!«

»Kümmere dich nicht um sie, Mädel. Ich bin auch noch da!«

»Danke Opa Tade!«

»Schon gut, Mädel, komm bald wieder!«

»Mach ich, Opa!«

Ganz Rüge ist wieder einmal in heller Aufruhr. Jeder weiß es nun, wie es um die Ehe von Silke und Lars bestellt ist. Meike läßt kein gutes Haar an der Tochter und dem verhaßten Schwiegersohn.

Jedem erzählt sie, wie unberechenbar sich der Fremde zu Hause gebärdet.

Hauke Feddersen kommt es sehr gelegen, denn er freut sich diebisch, daß Silke mit dem Fremden nicht glücklich geworden ist.

17

»Geschieht dir nur recht, Silke Petersen!«, triumphiert Hauke. »Du mußtest ja diesen Habenichts meinem Nils vorziehen. Ich wünsche dir auch weiterhin nur das Allerschlechteste!«

Haukes Mine verfinstert sich zusehends, als er die Frau des Weges kommen sieht, der er eben das Allerschlechteste gewünscht hatte.

»Tag Hauke!« grüßt Silke freundlich. Mürrisch erwidert er ihren Gruß.

Silke versucht, schnell aus Haukes Nähe zu kommen.

»Hast es aber mächtig eilig heute, Frau Petersen!«, ruft Hauke. Silke gibt keine Antwort, sondern legt noch einen Schritt zu.

«Is wohl de Düwel achter di her, wat?«, ruft Hauke ihr nach.

Als Silke nicht reagiert, wird Hauke noch deutlicher: »Nichts für ungut, Silke. Grüße deinen Seemann schön von mir, den du ja aus Liebe geheiratet hast!«

›Warum, kann er nicht vergessen.‹ Silke ist erregt. Sein Spott und seine gemeinen Worte prägen sich tief in ihre Seele ein. Erst als sie wieder vor ihrer eigenen Haustür steht, wird sie einwenig ruhiger. Noch einmal schaut sie sich um, doch Hauke Feddersen ist nicht mehr zu sehen. Erregt betritt sie die Wohnküche.

»Was ist los? Warum hetzt du dich so?« fragt Lars böse.

»Ich hetze nicht!«

»Erzähle mir nichts, dafür kenne ich dich zu gut.«

»Wenn's dich so sehr interessiert. Na bitte. Eben bin ich Hauke Feddersen begegnet.«

»Was wollte denn dieser lächerliche Zwerg von dir?«

»Nicht der Rede wert.«

»Was soll das heißen? Willst du mich für dumm verkaufen?«

»Laß mich doch in Ruhe!«

»So, ich soll dich in Ruhe lassen und dieser miese Zwerg kann dich ruhig belästigen, wie? Was wollte er von dir, wollte er dich über Svens Tod ausfragen?«

»Nein, Hauke hat nichts über Onkel Svens Tod verlauten lassen.«

»Das wäre diesen miesen Typen auch schlecht bekommen!«

Silke geht aus dem Zimmer. Sie will sich die üblen Schimpfworte, die Lars von sich gibt, nicht länger anhören. Auch wenn sie Hauke ebenso wenig mag wie er, so muß sie Hauke doch in gewisser Weise Recht geben. ›Schließlich war ich es, die Nils unglücklich gemacht hat.‹

Sven findet seine letzte Ruhestätte neben seiner geliebten Frau Stienke.

Alle Einwohner von Rüge nehmen an den Trauerfeierlichkeiten teil.

Tade Gerdes geht mitfühlend auf Silke zu und bittet seine Tochter um Verzeihung: »Silke, mein Kind!« Er drückt sie ungeschickt an sich.

»Du verzeihst mir, Vater?«

»Ja, ich verzeihe dir, Kind!«

Meike kocht vor Wut. Wie kann Tade sie vor allen Leuten nur so brüskieren. Wissen es doch alle, wie sehr sie die Tochter und den Schwiegersohn haßt.

Lars sieht die Versöhnung zwischen Tochter und Vater ebenfalls mit gemischten Gefühlen. ›Jetzt werde ich wohl ganz an die Wand gedrückt.‹ Was ihn jedoch noch mehr belastet, sind die abweisenden Gesten der Einheimischen. ›Wie werden sie wohl reagieren, wenn sie erfahren, daß ich eine gewisse Mitschuld an Svens plötzlichem Tod habe?‹ Er gibt sich keinen Illusionen hin und schätzt seine Lage richtig ein. ›Sie werden mich alle mit Schimpf und Schande von Rüge fortjagen. Nur gut, daß Silke trotz allem zu mir hält. Tauge ich auch nicht viel zum braven Ehemann, denn Silke hat weiß Gott einen besseren Mann als mich verdient, so habe ich doch die Gewißheit, daß mich die Deern immer noch ein wenig gern hat.‹

Seine Gedanken treiben heute ein grausames Spiel mit ihm.

Immer noch sieht er in die versteinerten Gesichter derer, die ihn am liebsten in die Hölle schicken würden.

»Komm, Silke, wir gehen nach Hause!«

»Nein, ich will mich erst bei den Trauergästen verabschieden.«

»Du kommst sofort mit mir nach Hause!«, fordert er schroff.

»Scher dich zum Teufel, Fremder!«, ruft Meike aus einer kleinen Gruppe von Trauergästen Lars zu. Silke wäre am liebsten im Erdboden versunken, so sehr schämt sie sich für die unberechenbare Mutter.

»Komm, Lars, wir gehen!« Silke wendet sich demonstrativ Lars zu, um so schnell wie möglich aus der Nähe der aggressiven Mutter zu kommen.

Pfarrer Uwe Klein sieht befremdet in Richtung der kleinen Gruppe und nähert sich ihr langsam. »Meike, gibt es denn keine Möglichkeit, Silke wieder aufzunehmen? Haß macht doch alles nur noch schlimmer, als es ohnehin schon ist.«

»Sie hat uns unmöglich gemacht und unsere Sitten

und Gebräuche mit Füßen getreten!«

»Hör mal, Meike, wir sind doch auch nicht mehr so, wie unsere Eltern waren.«

»So, Tade? Du vielleicht nicht! Ich halte meine Eltern jedenfalls in Ehren und handle, wie sie gehandelt hätten.« Sie dreht sich schroff um und schlägt den Weg zu ihrem Haus ein.

»Meike, nun laß doch mit dir ---.« Die letzten Worte ersterben auf Pfarrer Kleins Lippen.

»Na, dann muß ich wohl gehen.« Tade wendet sich ab. Er weiß, was ihn zuhause erwartet. Er nimmt die Auseinandersetzung heute gerne in Kauf, denn nur eines macht ihn glücklich, er hat sich mit der Tochter versöhnt. Kaum ist er zu Hause angekommen, hagelt es Vorwürfe. Böse Worte aus dem Munde seiner Frau, genau, wie er es sich ausgemalt hatte.

»Sehe, wie du es sehen willst, Meike, doch das eine sage ich dir, ich freue mich, daß ich mit Silke Frieden geschlossen habe! Wenn du dir etwas Gutes tun willst, gehst du auch diesen Schritt!«

»Wie bitte, ich soll Silke um Verzeihung bitten?«

»Nicht soll, Meike, ich bitte dich darum!«

»Nie und nimmer werde ich es sein, die Silke um Verzeihung bittet! Wenn jemand den ersten Schritt macht, dann muß sie es sein.« Ein mitleidiges Lächeln liegt auf Tades Mund. Was kann er denn noch sagen? So ist er lieber still, um nicht noch größeren Ärger heraufzubeschwören.

Silke   schweigt   auch   weiterhin   zu   allen

Verdächtigungen und verläßt nur für die nötigsten Gänge das Haus. Oft sitzt sie über Svens Bücher und macht, wie vorher schon immer, die nötigen Eintragungen. So auch jetzt.

Es klopft an der Tür.

»Ja?« Keine Antwort, niemand kommt herein. Sie geht zur Tür.

»Mutter du?« Ängstlich schaut sie der Mutter ins Gesicht.

›Das soll Mutter sein, sie, die Starke, Unberechenbare? Die Frau, vor der ich Angst hatte und die mir jetzt wie ein kleines Häufchen Elend gegenüber steht?‹

Verlegen schaut Meike sich um.

»Bist du alleine, Silke?«

»Ja Mutter, komm rein. Setz' dich, da ans Fenster! Komm, bleib' nicht stehen, komm setz' dich doch bitte!«

»Silke, hör zu«, beginnt Meike, »Ich bin gekommen um mich ---. Ja, ich bin gekommen, um mich bei dir zu entschuldigen!«

»Mutter!« Silke springt auf und fällt der Mutter um den Hals.

Meike hat sichtliche Mühe, die Tochter zu beruhigen. Ihr behagt es ganz und gar nicht, daß die Tochter so viel Regung zeigt. Silke stehen Tränen in den Augen.

»Mutter, wirst du auch Lars die Hand zur Versöhnung reichen können?«

Alles Blut weicht aus Meikes Gesicht. »Nie und nimmer werde ich diesem Fremden die Hand reichen", sagt sie hart.

»Mutter, du bittest mich um Verzeihung und dafür danke ich dir. Lars ist mein Mann, und du lehnst ihn nach wie vor ab?«

»Du bist ein kluges Kind. Niemals werde ich diesen verhinderten Seemann als meinen Schwiegersohn akzeptieren!«

»Du konntest Lars von Anfang an nicht leiden Mutter! Warum, was hat Lars dir denn getan?«

»Weil ich diesen Kerl nun einmal hasse und ihn immer hassen werde, darum!«

»Einfach nur so? Warum, Mutter, sag mir, warum?«

»Herrgott Mädel, bist du verbohrt!«

»Nein, ich bin nicht verbohrt, sondern du bist es, Mutter! Beantworte mir doch bitte meine Frage!«

»Wenn du es unbedingt wissen willst: weil ich es im Inneren hier drinnen fühle, daß er nicht der richtige Mann für dich ist und weil ich weiß, daß dich dieser Fremde eines Tages bitter enttäuschen wird.«

»Warum denkst du dir solche Märchen aus?«

»Wie sprichst du mit deiner Mutter, Silke? Märchen?«

»Laß mich ausreden, Mutter, ich bin noch nicht fertig.«

»Was willst du denn noch?«

»Du hast Lars von Beginn an gehaßt und nicht erst seit Onkel Svens Tod.«

Meike reagiert nervös: »Und ich habe mir eingebildet, daß meine Tochter zu mir hält, statt zu diesem Kerl dort.« Sie zeigt auf die Fotografie von Lars, die über Onkel Svens altem Lehnstuhl hängt.

»Ja, schau nur auf mich herab, du mißratene Figur von einem Mann!« faucht Meike. Als wäre sie nicht mehr Herrin ihrer eigenen Sinne, springt sie auf, reißt die Fotografie herunter und wirft sie wutentbrannt zu Boden. Silke springt entsetzt zur Seite. Einige Glassplitter dringen durch ihre dünnen Strümpfe. Sie achtet nicht darauf. Bleich geworden, sagt sie mit zitternder Stimme: »Mutter, wie kannst du Lars nur so abgrundtief hassen, was hat er dir nur getan?«

»Das fragst du mich? Hat er nicht unsere aller Leben hier auf Rüge zerstört?«

»Wieso?«

»Wieso? Daß ich nicht lache! Du fragst wieso? Das kann doch nicht dein Ernst sein! Jedermann auf Rüge weiß doch, wie ihr zueinander steht. Jeder weiß, daß sich eure hochjauchzende Liebe in Haß gewandelt hat!«

»Wer erzählt so etwas, Mutter?«

»Wer das erzählt, willst du wissen? Frage nur deine Tochter! Von Verena wissen wir, wie es um dich und diesen Fremden steht.«

»Verena macht uns schlecht?«

»Was heißt, Verena macht euch schlecht. Verena sagt nur die Wahrheit. Und wenn du es genau wissen willst, Verena hat mich schon lange zu ihrer Vertrauten gemacht, weil sie zu dir und zu dem da kein Vertrauen hat. So nun weißt du die ganze Wahrheit!«

Silke möchte antworten und bekommt doch kein Wort heraus.

»Man munkelt noch mehr, Silke. Die Leute sagen, daß

dein ehrenwerter Mann nicht ganz unschuldig am Tod Svens gewesen sein soll.«

Nun erst findet Silke ihre Sprache wieder. »Was willst du damit sagen, Mutter?«

»Man kann ja eins und eins zusammenzählen!«

»Was soll das heißen?«

»Weil wir alle wissen, wie sich euer Leben in all den Jahren hier in diesem Haus abgespielt hat, Silke!«

»Wißt ihr das auch von Verena?«

»Ja, Silke.«

»Und ihr glaubt Verena alles, was sie euch erzählt?«

»Wir glauben Verena jedes Wort!«

»Weil ihr es glauben wollt!«

»Genau so ist es. Jede schlechte Nachricht, die aus diesem Haus zu uns dringt, bestätigen meine Vermutungen!«

»So sehr haßt du auch mich?«

»Hassen? Ihr habt Nils lächerlich gemacht und das verzeihe ich euch nie!«

»Warum machst du dich für Nils so stark? Wo steckt der tiefere Grund für deinen Haß?«

»Weil, weil. Ach, was geht es dich an!« Meike wird nervös, denn mit der Beharrlichkeit Silkes hat sie nicht gerechnet.

Silke läßt nicht locker.

Sie spürt, daß ihre Mutter ein Geheimnis in sich trägt und bedrängt sie: »Mutter, ich kann schweigen, ich schweige schon die ganzen Jahre.«

»Was ich dir nun erzähle, liegt schon viele Jahre

zurück.«

»Erzähle, Mutter!«

»Ach Silke, wenn du wüßtest.«

»Was verheimlichst du mir, was liegt Jahre zurück?«

»Weil ich einmal großes Unrecht begangen habe.«

»Von welchem Unrecht sprichst du?«

»Das ist eine lange Geschichte.«

»Ich möchte sie trotzdem hören.«

»Nun gut, wenn du unbedingt darauf bestehst. Bevor ich deinen Vater lieben lernte, war ich kurze Zeit mit Hauke Feddersen befreundet, mußt du wissen.«

»Du und Hauke?«

»Ja, Silke, doch bitte unterbreche mich nicht!«

»Ich werde es versuchen.«

»Es geschah kurz vor meinem fünfzehnten Lebensjahr, als das mit Hauke passierte.«

»Was passierte?«

»Habe ich dir nicht gerade gesagt, du sollst mich nicht unterbrechen?«

»Schon gut Mutter, verzeih'!«

»Ich war damals noch ein unerfahrenes Ding, als Hauke sich für mich zu interessieren begann. Und obwohl ich Hauke nicht einmal sonderlich mochte, habe ich mich trotzdem mit ihm eingelassen, nun---, weil ich ein sehr neugieriges, junges Mädchen war, ---damals. Ich las sehr viel, denn ich war sehr wißbegierig.

Eines Tages fiel mir ein Aufklärungsbuch in die Hände. Ich weiß heute nicht mehr, woher ich dieses Buch hatte, doch eins weiß ich heute noch, es war die spannendste Lektüre, die ich je im Leben gelesen hatte. Ich verschlang dieses Buch und wurde neugierig auf die Liebe.

Als ich Hauke das Buch auslieh, erging es ihm ebenso. Und was über die Liebe in dem Buch geschrieben wurde, das wollten auch wir beide ausprobieren. Hauke stellte sich recht ungeschickt an und auch ich benahm mich recht dumm. Meine Enttäuschung war riesengroß. Nein, so hatte ich mir die Liebe nicht vorgestellt. Ich schämte mich und wollte Hauke niemals wiedersehen. Natürlich war das nicht möglich, denn wir beide wohnten ja nicht weit voneinander entfernt.

Nach ungefähr zwei Monaten, so genau weiß ich es nicht mehr, blieb meine Regel aus. Zu allem Unglück erbrach ich mich jeden Morgen. Meine Mutter schöpfte sofort Verdacht, als sie sah, wie schlecht es mir ging. Sie bombardierte mich mit Fragen, die ich ihr kaum beantworten konnte, denn ich schämte mich entsetzlich. Als ich ihr dann doch die Geschichte mit Hauke erzählte, da hätte sie mich fast umgebracht, denn sie drosch rücksichtslos auf mich ein.

Da ich in Kürze konfirmiert werden sollte, lief Mutter sofort zu unserem Pastor, um ihm das Drama von ihrer mißratenen Tochter zu erzählen. Pastor Falk, so hieß unser Pastor damals, nahm mich und Hauke ins Kreuzverhör. Wir beide mußten uns seine Bergpredigt anhören, doch was noch schlimmer war, er verlangte von mir eine sofortige Abtreibung, sonst würde er mich nicht konfirmieren.

Hauke, der nur zwei Jahre älter war als ich, wollte mich nach der Konfirmation sofort heiraten, denn er wollte das Kind unbedingt. Doch auf diesen Handel ließ sich unser Pastor nicht ein und so mußte ich, ob ich wollte oder nicht, unser Kind abtreiben lassen. Es war Eile geboten, denn die Konfirmation stand kurz bevor.«

Silke, die der Mutter bis jetzt stumm zugehört hatte, kann ihre Tränen nicht mehr länger zurückhalten. »Mein Gott Mutter, du hast ja Schreckliches durchmachen müssen.«

»Es ist vorbei, Silke!«

»Wie ist Hauke damit fertig geworden?«

»Hauke war damals sehr zornig auf den Pastor, auf mich und natürlich auf meine Mutter, denn er wollte mich, obwohl er damals 17 Jahre alt war, unbedingt heiraten.«

»Was sagten denn seine Eltern dazu, als sie davon erfuhren?«

»Haukes Eltern waren genau so geschockt wie meine es waren, doch Hauke zuliebe wollten sie einer Heirat zustimmen.«

»Hättest du Hauke geheiratet?«

»Nein Silke, denn ich liebte Hauke nicht. So nahm ich lieber die Abtreibung in Kauf, als ein ganzes Leben lang mit einem Mann verheiratet zu sein, den ich nicht liebte.«

»Weiß Vater von deiner Verbindung zu Hauke?«

»Nein! Der Pastor verlangte von uns allen strengstes Stillschweigen und wir haben geschwiegen. Auch Hauke schwieg, obwohl er am meisten gelitten hat.«

»Warum?«

»Weil Hauke mich unbedingt wollte.

Er hätte alles darum gegeben, mich als Frau zu bekommen, denn er konnte die Demütigung nicht ertragen, die ich ihm zugefügt hatte. Als ich ihm beichtete, daß ich ihn niemals heiraten könne, weil ich ihn nicht liebte, da ist er für einige Jahre fortgegangen und zur See gefahren. Erst nach vielen Jahren kehrte er mit Anne nach Rüge zurück.

Kurz darauf wurde ihr Sohn Nils geboren.«

»Und wie stehst du zu Vater, liebst du ihn?«

»Ja, Silke, ich liebe deinen Vater und heute weiß ich, daß ich deinen Vater schon als Kind geliebt habe. Dein Vater und ich waren ja Nachbarskinder.«

»Wie stehst du heute zu Hauke?«

»Hauke ist für mich ein guter Freund, mehr nicht.«

»Und diesem Freund gegenüber hegst du immer noch tiefe Schuldgefühle?« Silke ist gespannt.

»Ich verbitte mir diese Unterstellung!«

»Ich bin noch nicht fertig! Hätte ich Nils zum Mann genommen, dann hättest du einen Teil deiner Schuld an Hauke verbüßt. Stimmt's?«

»Es kann auch heute noch zu einer fruchtbaren Verbindung zwischen dir und Nils kommen, Silke. Nils liebt dich immer noch!«

»Du glaubst doch nicht im Ernst daran, daß ich Lars verlassen werde?«

»Eines Tages wirst du ganz anders über diesen Fremden denken.«

»Nenne Lars nicht immer einen Fremden. Er gehört zu mir!«

»Niemals wird auch nur ein Bewohner von Rüge diesen Fremden akzeptieren, niemals!«

»Bitte Mutter, gehe jetzt!«

»Was soll das heißen?«

»Daß wir beide uns nichts mehr zu sagen haben, es sei denn, du akzeptierst Lars so, wie er ist, mit allen Fehlern und Schwächen.«

»Nie und nimmer!«

»Dann haben wir uns nichts mehr zu sagen!«

»Bist du von Sinnen, Mädel?« Meike wird blaß.

»Im Gegenteil! Nie war ich normaler als in diesem Augenblick.«

Meikes Stimme versagt ihr den Dienst und zu allem Übel wird sie unsicher wie nie zuvor in ihrem Leben. Ohne Gruß geht sie.

18

Als die Mutter fort ist, fegt Silke schnell die Glasscherben zusammen, die im ganzen Zimmer verteilt herumliegen. Sie hängt das glaslose Bild wieder an seinen Haken zurück.

›Hoffentlich merkt Lars nicht, daß das Glas fehlt.

Na wenn schon‹, sinniert sie, ›ich werde die Schuld auf mich nehmen. Schließlich kann einem ein Bild aus den Händen fallen.‹

Silke hat nicht mit Lars Eitelkeit gerechnet, denn er

merkt sofort, daß etwas mit dem Bild nicht stimmt. »Was ist mit dem Bild geschehen, Silke?«

»Welches Bild?«

»Tu nicht so dumm, du weißt genau, welches Bild gemeint ist.«

»Ach, du meinst deine Fotografie? Das Bild ist mir beim Staubputzen heruntergefallen.«

»Trampel!«

Silke schweigt, denn sie ist froh, daß er ihr die Lüge glaubt.

Um ihn gnädig zu stimmen, erwähnt Silke beiläufig: »Mein Vater erzählte mir, daß sie in den nächsten Tagen neue Gäste aus Hamburg erwarten!«

Lars Neugierde ist geweckt. Seine Augenlider beginnen, zu zucken. »Was soll nur der ganze Rummel hier auf unserer Hallig!«, flucht er.

»Warum, erregst du dich so? Unsere Hallig kann doch noch mehr Urlauber beherbergen!«

»Spielst du etwa auch mit dem Gedanken, Feriengäste bei uns aufzunehmen?«

»Ja, schon lange. Wir können das Geld gut gebrauchen!«

»Ist das dein Ernst?«

»Ja!«

»Schön, daß ich es so nebenbei auch erfahre, Frau Petersen. Ich will dir mal einige Worte hierzu sagen. Ich Torfkopp glaubte wieder an eine gemeinsame Zukunft, doch nun muß ich feststellen, daß ich mich geirrt habe.« Wütend verläßt er sie.

»Aber Lars!« Silke ist den Tränen nahe.

»Laß Papa doch gehen. Ihm nun hinterherzulaufen hätte sowieso keinen Sinn, Mama«, beruhigt Verena die verängstigte Mutter. Silke will widersprechen, doch ehe sie antworten kann, wirft sich Verena in ihre Arme.

»Kind, so beruhige dich doch!«

»Ich will mich aber nicht beruhigen, Mama!«

»Was fehlt dir denn?« Besorgt streichelt Silke Verenas Wangen.

»Ich bin so unglücklich Mama. Seit Onkel Sven tot ist, hat niemand mehr Zeit für mich in diesem Haus. Nur Oma Meike und Opa Tade verstehen meine Sorgen.«

»Warum---, warum hast du mir noch nie etwas von deinem Kummer erzählt?«

»Hast du mir jemals zugehört? Immer nur hast du Papa zugehört. Immer nur hast du dich mit ihm beschäftigt, anstatt dich um mich zu kümmern. Und wofür das alles? Dauernd streitet ihr euch.« Anklagende Worte, die Silke nachdenklich stimmen.

»Mein Gott, Kind, ich habe nicht gewußt, daß du mich so sehr brauchst. Und so ist Oma Meike deine große Vertraute geworden?«

»Wem sollte ich denn sonst meine Sorgen mitteilen?«

»Mußtest du Oma Meike wirklich alles über mich und deinen Vater erzählen?«

»Wieso alles? Was willst du damit sagen, Mama?«

»Nun, Oma Meike war hier und hat es mir selbst erzählt.«

»Oma Meike war hier?«

»Ja, sie wollte mich um Verzeihung bitten.«

»Oma übertreibt mal wieder, wie immer«, redet sich Verena schnell heraus. »Mama, hast du jemals bemerkt, wenn ich traurig war, oder dringend Hilfe benötigte?«

»Ja---, nein, ich hatte doch so viele Sorgen und du warst so selbstständig. Und habe dich nicht gut versorgt?«

»Ja, gut gegessen habe ich wohl, und bei den Sturmfluten habt ihr sofort an mich gedacht. Aber hier drinnen«, sie zeigt auf ihre Brust, »hier drinnen, habe ich geweint.«

»Aber Kind, was sagst du?«

»Ja, geweint! In eurem Haß habt ihr mich vergessen!«

»Glaubst du das von uns?«

»Ja, und auch Onkel Sven war der gleichen Meinung!« Unsicher schaut Verena zu der Mutter auf. ›Bin ich zu weit gegangen?‹ Doch dann hört sie die leisen Worte: »Kind, verzeih mir, daß ich als Mutter versagt habe!«

Verena atmet befreit auf. Siegessicher erkennt sie, daß die Mutter bereut. ›Wenn ich auch Vater kleinkriegen könnte, wie Mama, dann hätte ich gewonnen, denn dann hätte ich beide da, wohin ich sie immer haben wollte und Oma Meike wäre sicherlich stolz auf mich.‹

»Verena, ich liebe dich, mein Kind.« Silke will Verena an sich ziehen, doch Verena entzieht sich der Mutter.

»Verena, was ist los? Erst beklagst du dich, daß du zu wenig Zuwendung von mir bekommst und dann entziehst du dich mir?«

»Ach, laß mich in Ruhe!«

Silke schaut sprachlos die trotzende Verena an. Sie erinnert sich an die Worte ihrer Mutter, die ihr triumphierend erzählte, daß Verena sie und Lars überall schlecht mache.

›Das kann doch nicht wahr sein‹, grübelt Silke über das seltsame Benehmen der Tochter nach. ›Und doch ist es so, ob ich es glauben will oder nicht, Verena ist aus dem gleichen Holz geschnitzt wie meine Mutter. Verena wird demnächst 14 Jahre alt und die Konfirmation steht kurz bevor.‹ Silke wird an ihre eigene Konfirmation erinnert, die noch gar nicht so weit zurückliegt ---, oder doch? Es ist, als hätte ihr die Zeit alle Erinnerungen genommen.

›Was ist mit mir los?‹ Ihr ist, als würden ihre Glieder in einem schwerelosen Raum schweben. Gegenwart und Vergangenheit verschmelzen plötzlich miteinander.

»Mama, was ist mit dir? Mamaaa!« Silke sieht sich erstaunt um.

»Verzeihung Verena, ich war mit meinen Gedanken so weit fort!«

»Solange ich zurückdenken kann, bist du immer weit fort mit deinen Gedanken!«

19

Lars ist nach Svens Tod ein anderer geworden. Es quält ihn sein schlechtes Gewissen. Zweifel und

Selbstvorwürfe treiben ihn an manchen Tagen an die Grenze des Wahnsinns.

So gut es ihm gelingt, geht er Silke und Verena aus dem Weg. Silke spürt seinen Kummer und eine tiefe Traurigkeit bedrückt ihr Herz. Obwohl eine Entfremdung zwischen ihr und Lars eingetreten ist, liebt sie ihn noch immer.

Verena ist den Eltern mehr denn je feindlich gesonnen. In Oma Meike hat sie eine treue Verbündete gefunden. Immer neue Geschichten muß sie sich ausdenken, um Omas Sensationshunger zu stillen. Ihr wird dabei immer mehr bewußt, wie sehr die Oma ihre Eltern haßt. Sie steigert sich mehr und mehr in Phantasien hinein und hat den Sinn für die Realität längst verloren, so daß sie nicht mehr Wahrheit von Unwahrheit trennen kann.

Silke, die nun ganz alleine dasteht, kommt über den Schmerz nicht hinweg, den ihr die eigene Familie zufügt.

Niedergeschlagen schaut sie aufs Meer hinaus. Die See ist unruhig wie schon lange nicht mehr.

›Ist meine Ehe nicht auch so unruhig geworden, wie die stürmische See dort draußen?‹ Des öfteren schon spielt sie mit dem Gedanken, Lars zu verlassen und irgendwo aufs Festland zu gehen, wo sie niemand kennt.

Stöhnend verschränkt sie ihre Arme ineinander.

Sie schaut den weißen Schäfchenwolken zu, die frei am Himmel dahin ziehen. ›So frei sein, wie die Wolken dort droben, so frei möchte auch ich sein.‹

Sie erschrickt, als Lars plötzlich neben ihr steht.

»Du, Lars?«

»Da staunst du, daß es mich noch gibt, wie?« Wild schaut er sie an.

Silke erschauert, als sie ihm ins Gesicht sieht.

»Warum bist du so gemein zu mir?«

»Bin ich das? Und du bist ganz unschuldig an allem!«

»Bitte Lars, so kann es zwischen uns Dreien nicht mehr weitergehen!«

»Wieso drei?« Fragend schaut er sie an.

»Hast du denn Verena in der letzten Zeit nicht beobachtet?«

»Habe mit mir selbst genug zu tun«, antwortet er gereizt.

»Dann sehe ich keinen Sinn mehr in unserer Ehe.«

»Keinen Sinn, keinen Sinn! Mich fragt auch niemand

nach einem Sinn für mich!«

»Bitte, laß mich fortgehen von hier, Lars.«

»Fortgehen, ich soll dich fortgehen lassen? Bist du von allen guten Geistern verlassen, wohin willst du denn gehen?«

»Vielleicht aufs Festland. Vielleicht ---, Lars.«

»Ja, gehe nur, wenn du den Mut dazu besitzt!«

»Aber Lars!«

»Geh schon, hau ab!«, brüllt er.

Silke hastet an ihm vorbei. ›Ist das, das Ende unserer Ehe. Nein und noch mal nein, es darf einfach nicht sein. Ich liebe ihn doch.‹ Ziellos rennt sie aus dem Haus.

Unaufhaltsam rinnen ihr Tränen die Wangen hinunter. Ein beißender Wind weht vom Meer herüber und trocknet ihre Tränen. Träumend sieht sie den auf den Strand auflaufenden Wellen zu. ›Nur ihr könnt mich verstehen.‹

»Hallo Silke!« Sie erschrickt. Langsam dreht sie sich um.

»Nils---. Wo kommst du denn so plötzlich her?«

»Du hast geweint. Was bedrückt dich?«

»Das fragst du mich, Nils?«

»Ja Silke, das frage gerade ich dich, denn die Leute reden so schlecht über dich und deinen Mann.«

»Die Leute, du meinst dein Vater zerreißt sich das Maul über uns, Nils.«

»Wieso mein Vater?«

»Weil er es mir neulich ganz unverblümt ins Gesicht gesagt hat, was er über mich denkt.«

»Vater hat dich beleidigt?«

»Ja, so kann man es nennen.«

»Das ist ja ungeheuerlich. Trotzdem, wenn ich dir irgendwie helfen kann, dann tue ich das gerne.«

»Woher kommt deine plötzliche Sinneswandlung, Nils?«

»Weil ich in der letzten Zeit oft über uns beide nachgedacht habe.«

»Soll das heißen, du hast mir verziehen?«

»Ja Silke, ich habe dir schon tausendfach verziehen, denn ich habe gehört, daß du in deiner Ehe nicht glücklich geworden bist, und möchte dir helfen.«

»Ich danke dir, Nils, doch auch du kannst mir nicht helfen!«

»Schade, doch wenn du wirklich einmal einen Freund brauchst, so sollst du wissen, daß ich immer für dich da bin!«

»Du bietest mir deine Hilfe an?«

»Ja, denn ich mag dich immer noch.«

»Hast du deswegen nie geheiratet?«

»Wenn du mich so direkt fragst, ---ja!«

»Das habe ich nicht gewußt.«

»Wie solltest du auch.« Nils entfernt sich grußlos.

Als Silke nach Haus kommt, drückt ihr ein junger Mann lachend die Tür in die Hand.

»Sie sind die Frau des Hauses?« Fragen schaut der junge Mann sie an.

»Ja.«

»Sie können ruhig du zu mir sagen, Frau Petersen!«

»Wer sind Sie?«

»Ich heiße Mark Willms und wollte uns eine Bescheinigung für die Kurtaxe ausstellen lassen, doch es war niemand da!«

»Mark Willms? Sind Sie, bist du mit den neuen Gästen gekommen?«

»Genau, woher wissen Sie das?«

»Es spricht sich hier schnell herum, wenn Gäste erwartet werden. Außerdem hat mir mein Vater, Tade Gerdes, von ihrer nahenden Ankunft erzählt. Sie können übrigens bei ihm ihre Bescheinigung bekommen. Wir haben das so eingerichtet, weil jetzt immer mehr Gäste zu uns kommen.

Tragen Sie sich dort ins Gästebuch ein.«

»Sie sind die Tochter der Familie Gerdes?«

»Ja.«

»Das ist ja toll.«

»Findest du?«

»Oh ja!«

»Danke!«

»Meine Großeltern werden sie sicherlich auch bald kennen lernen«, sagt Mark zufrieden.

»Stell Sie mir doch einfach mal vor.«

»Meinen Sie das ehrlich, Frau Petersen.«

»Ja, warum denn nicht?«

»Wird gemacht, Frau Petersen! Dann bis später.«

Silke lächelt. Der Junge gefällt ihr. ›Eigenartig‹, denkt sie noch lange über ihn nach, ›irgendwie erinnert mich der Junge an jemanden. Doch an wen? Ich kenne doch nur die wenigen Menschen hier auf Rüge.‹

Einen Tag später steht Mark mit den Großeltern vor der Tür. »Das sind meine Großeltern, Frau Petersen. Das ist meine Omi!«

»Nicht nötig, Mark, wir stellen uns schon selbst vor«, lacht Erna Willms.

Freundlich reicht sie Silke die Hand »Ich bin die Großmutter des flotten Jungen und heiße Erna Willms und das hier ist mein Mann Horst!«

»Herzlich willkommen«, begrüßt Silke die neuen Inselgäste, »Sie haben ja einen aufgeweckten Enkel, da kann man Ihnen nur gratulieren!«

»Danke Frau Petersen, der Junge bedeutet uns beiden alles.«

»Schön, daß Sie so liebevoll von ihrem Enkel reden.«

»Mein Mann und ich haben Mark alleine großgezogen.«

»Hat Mark denn keine Eltern mehr?« Silke wird neugierig.

»Mark ist das Kind unserer einzigen Tochter.«

»Hat Mark keinen Vater?«

»Mark hat seinen Vater nie kennengelernt, denn der ist vor seiner Geburt auf See geblieben.«

»Das ist ja furchtbar«, erwidert Silke teilnahmsvoll.

»Unsere Tochter hat sich bis heute mit dem Verschwinden ihres Verlobten nicht abfinden können. So haben wir Mark alleine großgezogen, damit sie nach Marks Geburt ihrem Beruf weiter nachgehen konnte.«

»Ihre Tochter ist sehr tapfer«, erwidert Silke leise.

»Haben wir nicht alle auf Erden hier unser Päckchen zu tragen?«, sagt Horst Willms.

»Ja, das Leben ist oftmals sehr grausam, Herr Willms.« Ungewollt wird Silke an Lars erinnert.

20

Silke beschäftigt sich ununterbrochen mit dem Schicksal des Jungen, der so unkompliziert und vernünftig auf sie wirkt.

»Na, so nachdenklich heute Morgen?« Lauernd beobachtet Lars seine Frau.

»Hast du nichts Anderes zu tun, als mich zu beobachten?«

»Was soll das heißen? Man wird ja noch fragen dürfen! Oder ist das Fragen auch schon verboten in diesem Haus?«

»Schrei mich nicht so an!«

»Ich schrei nicht, ich habe nur gefragt.«

»Was ist nur aus uns geworden?«

»Wie oft hast du mich das schon gefragt?«

»Und ich werde dich immer wieder das Gleiche fragen, Lars Petersen.«

»Fragen kannst ja, ob du eine Antwort von mir bekommst, steht auf einem anderen Blatt.«

Silke wundert sich über sich selbst, wie furchtlos sie mit Lars spricht. ›Hat Nils mich so motiviert?‹ Ein feines Lächeln umspielt ihren schön geschwungenen Mund.

»Lachst du mich etwa aus?« Drohend bewegt sich Lars auf sie zu.

»Bist du von allen guten Geistern verlassen?« Immer noch nimmt Lars eine drohende Haltung ein. Silke läßt sich nicht einschüchtern. Unwillkürlich wird sie an die drei tapferen Menschen erinnert, die sie erst gestern kennengelernt hat.

»Was bist du bloß für ein abscheulicher Mensch.«

»So, ich bin ein abscheulicher Mensch?«

»Ja, das bist du. Erst gestern habe ich drei liebenswerte Menschen kennengelernt, die auch aus Hamburg kommen und mit deinem groben Wesen so gar nichts gemeinsam haben! Es waren die Gäste meiner Eltern.«

»Gäste! Und du hast sie schon kennengelernt?«

»Ist das hier auf Rüge ein Problem? Es sind ein junger Mann und seine Großeltern.«

Hamburg! Die Vergangenheit ist zurückgekehrt und ergreift erneut Besitz von ihm. Er muß nun einfach alleine sein, denn irgendwie löst die Herkunft der Urlauber eine Unruhe in ihm aus. ›Wer sind diese Leute? Ob ich sie mal frage, aus welchem Hamburger Stadtteil sie kommen? ›Unsinn!‹, warnt ihn eine innere Stimme, ›laß die Vergangenheit endlich ruhen.‹

»Was gehen mich die Urlauber an! Die bringen nur Unruhe nach Rüge!« reagiert Lars bitter.

21

Der Sommer neigt sich seinem Ende zu. Ein kalter Wind weht vom Meer herüber und nimmt dem Sommer seinen letzten Reiz.

Längst hat auch der letzte Feriengast Rüge wieder verlassen.

So auch Mark, der mit seinen Großeltern wieder nach Hamburg zurückgekehrt ist.

»Im nächsten Jahr kommen wir bestimmt wieder«, hatten die Drei sich von Tade und Meike Gerdes verabschiedet. Auch Verena benahm sich sehr merkwürdig. Jeden Tag hatte sie die Großeltern besucht und dann, als der Tag des Abschieds immer näher rückte, wurde sie so merkwürdig still.

Mark hatte am Tag seiner Abreise verlangend nach Verena Ausschau gehalten, doch sie ließ sich nicht mehr blicken. Enttäuscht war er als Erster an Bord gegangen. Noch einmal schaute er zu der kleinen Hallig hinüber, doch Verena blieb verschwunden.

»Dann eben nicht!«, hatte Mark trotzig gesagt und doch erwartungsvoll das Ufer der kleinen Hallig mit den Augen abgesucht.

Auch Meike war von dem Jungen beeindruckt. Lange noch beschäftigte sie sich mit den Gästen aus Hamburg.

›Der Junge wird sich doch nicht in Verena verliebt haben? Ach Unsinn!‹ schiebt sie die immer wiederkehrenden Gedanken von sich. ›Verena ist ja noch ein halbes Kind. Aber war ich damals nicht auch ein halbes Kind, als ich mich mit Hauke Feddersen eingelassen habe? Und wie sagt ein Sprichwort: Der Apfel fällt nicht weit vom Stamm. Ja, an diesem Sprichwort ist tatsächlich etwas Wahres dran, denn schließlich pocht in Verena ein Teil des gleichen Blutes wie in mir.‹

22

Zwei Jahre später. Die kleine Hallig erlebt in diesem Jahr einen Touristenansturm wie nie zuvor. Zum ersten Mal nimmt nun auch Silke Feriengäste bei sich auf.

Lars hat letztendlich doch kapituliert, denn gegen zwei Kontrahenten kommt er nicht an, weil auch Verena mit Silke sympathisiert.

Verena ist nun 16 Jahre alt. Äußerlich ähnelt sie ihrer Mutter sehr, doch in ihrer Seele schlummern zwei ungleiche Partner, die sich wie bellende Hunde gebärden und zeitweise versuchen, ihren Seelenfrieden empfindlich zu stören.

Hin- und hergerissen zwischen Gehorsam, Bösartigkeit und tiefer Verletzbarkeit, erlebt Verena nun ihre beginnende Jugend als starke Herausforderung an sich. Mürrisch und gereizt läuft sie durch den Tag und kann hin und wieder ein richtiges Ekel sein, vor dem sich selbst ihr hartgesottener Vater fürchtet.

»Die Deern soll etwas Gescheites lernen, anstatt die Tage nutzlos zu vergeuden«, kommentiert Lars ihre mürrische Haltung, als sie hocherhobenen Kopfes an ihm vorbeigeht.

»Scher dich um deinen eigenen Kram!« faucht Verena ihn böse an.

Wie ein gedemütigter Hund schleicht Lars davon, denn gegen seine Tochter kommt selbst er nicht an.

»Das Mädchen ist eine Tragödie«, beschwert er sich gleich darauf bei Silke.

Silke antwortet nicht, weil sie fürchtet, alles nur noch schlimmer zu machen, wenn sie Lars Meinung teilt. So schweigt sie lieber, wenngleich auch sie große Probleme mit der Tochter hat. Sie weiß, daß Verena es nicht so genau mit der Wahrheit nimmt. Doch was soll sie tun. Sie kann Lars ihr Wissen unmöglich mitteilen, denn würde er erfahren, daß Verena bösen Klatsch über sie beide verbreitet, dann kann sie sich jetzt schon eins und eins zusammenreimen, wie er reagieren wird. Sie kennt seine Wutausbrüche nur zu gut. So schweigt sie lieber, um ihrer Ehe noch eine letzte Chance zu geben.

Verena weiß um die Hilflosigkeit ihrer Eltern und nutzt deren Schwäche geschickt für sich aus. Bekommt sie auch heute nicht mehr alle Wünsche sofort erfüllt, so wie sie es früher von Onkel Sven gewöhnt war, so hat sie sich doch im Warten geübt, denn sie weiß, daß sie früher oder später doch zu ihrem Willen kommt. Lange schon liebäugelt sie mit der Großstadt. ›Wie schön müßte es sein, dieses langweilige Halligleben gegen das Leben in einer Großstadt einzutauschen.‹ Wenn sie an Mark denkt, beginnen ihre Augen zu leuchten. Obwohl sie von ihm nichts mehr gehört hat, geht ihr der fremde Junge nicht mehr aus dem Sinn.

Mit sich und der ganzen Welt unzufrieden, besucht sie Oma Meike. Diese ist erfreut, daß sie von Verena nun wieder einige Neuigkeiten erfahren wird.

»Nanu, wen haben wir denn da?« lacht Oma Meike eine Spur zu freundlich.

»Ich will nur schauen, wie es dir geht, Oma.«

»Du kommst doch nicht ohne Grund zu mir?«

Verena schaut beharrlich auf ihre Fußspitzen und erwidert: »Ich wollte nur mal nachfragen, ob ihr in diesem Jahr wieder Feriengäste, erwartet.«

»Ach, das willst du wissen. Nun, da kann ich dir etwas Erfreuliches erzählen. Mark kommt in zwei Wochen zu uns.«

»Mark kommt, ist das wahr, Oma?«

»Ja.«

»Kommt er, ich meine, kommt Mark alleine?«

»Nein, Mark bringt in diesem Jahr seine Mutter mit.«

»Seine Mutter.« Verena gähnt gelangweilt.

»Marks Mutter möchte unsere Hallig auch einmal

kennen lernen!«

»Na denn tschüs, Oma Meike«, verabschiedet sich Verena überhastet. Sie hat es nun auf einmal sehr eilig, aus der Nähe der Oma zu kommen.

»Du gehst schon wieder?« Meike läßt sich die Enttäuschung anmerken. ›Warum hat die Deern es heute so eilig? Schade‹, denkt sie, ›wie gerne hätte ich etwas Neues erfahren. Na, dann ein anderes Mal.‹

»Wo hast du dich solange herumgetrieben?« Tadelnd schaut Lars auf die eigenwillige Tochter.

»Seid wann ist es verboten, Oma und Opa zu besuchen?«

»Schlage deinem Vater gegenüber mal einen freundlicheren Ton an, ---sonst!«, droht Lars ihr.

»Sonst?« Sie schaut den Vater herausfordernd an. »Drohen ist wohl die einzige Waffe, die dir zur Verfügung steht, wie?«

Lars sieht den Haß in ihren Augen und erschrickt. ›Fort, nur fort aus Verenas Nähe. Verdammt, ich flüchte vor meinem eigenen Fleisch und Blut! Unglaublich, was ist aus mir geworden!‹

Verena triumphiert, als sie den Vater fortgehen sieht. »Ich bin ja stärker als er!« kichert sie böse. Doch erstmals befallen sie auch Zweifel, ob sie nicht doch einwenig zu weit gegangen ist. ›Warum lege ich mich dauernd mit Papa an? Warum macht es mir Spaß, ihn in die Knie zu zwingen?‹ Irgendwie tut ihr der Vater auch wieder leid und doch kommt sie gegen ihre eigenen schlechten Gefühle nicht an und sucht die Konfrontation mit ihm und sehnt sich danach, den Vater zu verletzen.

»Mark kommt dieses Jahr wieder, Mama!« Freudestrahlend erzählt Verena der Mutter die Neuigkeit, die sie von Oma Meike erfahren hat.

»Du freust dich wohl sehr, daß er kommt?«

»Ja!«, antwortet sie knapp.

23

»Alles aussteigen!«, fordert Kapitän Jan Kröger die ankommenden Feriengäste auf.

»Schau Mam, dort drüben liegt das Haus der Familie Gerdes!« Mark zeigt auf das rote Backsteinhaus, das noch weit vom Halligufer entfernt auf einer Warft liegt.

»Sieh einer an, die Hallig hat dir ja mächtig imponiert, wie?« amüsiert sich die Mutter.

»Wäre ich sonst noch einmal hierher gekommen?«

»Hör mal, hat dir hier vielleicht ein Mädchen den Kopf verdreht?«

»Wie kommst du darauf?«

»Oma sprach damals von einer gewissen Verena ---.«

»Ach, Verena, die ist ja noch ein halbes Kind.«

»So? ---Wie alt war sie denn damals?«

»Ich glaube 14.«

»So, so, dann ist sie heute 16 Jahre alt und wohl kein Kind mehr!«

»Möglich«, erwidert Mark betont gelangweilt.

»Müssen wir die ganze Strecke zu Fuß gehen?«

»Müssen wir nicht. Dort drüben steht schon ein Planwagen bereit, der uns zu unserer Pension bringt. Und sieh dir mal den Kutscher an! Wie im Wilden Westen.«

»Wer mitfahren möchte, einsteigen!«, ruft Karl Bloom den Gästen zu, die teilweise nur für ein paar Stunden gekommen sind oder auch länger bleiben, so wie Mark und seine Mutter.

»Wen haben wir denn da?« Karl Blooms Grinsen verrät, daß er Mark kennt.

»Willst wieder einmal deinen Urlaub bei uns verbringen, junger Mann?«

Mark ist irritiert. »Meinen Sie mich?«, fragt er sprachlos.

»Genau dich meine ich. Warst du nicht schon vor zwei Jahren hier?«

»Sie können sich Gesichter aber gut merken.«

»Wer hier eine Zeit lang bleibt, den kennt man. Willst wohl wieder zur Familie Gerdes?«

»Erraten!«

»Na, dann wünsche ich dir und der Dame einen angenehmen Aufenthalt auf Rüge.«

»Danke! Übrigens, die Dame ist meine Mutter.«

»Hm, auch ihnen wünsche ich einen schönen Urlaub hier bei uns!«

»Danke, Herr ---?«

»Nennen Sie mich einfach den Cowboy von Rüge!« grinst Karl Bloom übers ganze Gesicht.

24

»Willkommen auf Rüge!« Meike Gerdes begrüßt die ersten Feriengäste in diesem Jahr. Außer Mark und dessen Mutter haben sich noch weitere Gäste bei Meike Gerdes einquartiert.

»Ja, wen haben wir denn da?« Freundlich reicht Meike Mark die Hand. »Schön, daß ich auch deine Mutter kennenlerne, Mark! Willkommen bei uns! Hoffentlich gefällt es ihnen hier auch so gut, wie es Mark und seinen Großeltern vor zwei Jahren gefallen hat, Frau Willms. So, nun kommen sie erst einmal herein!« bittet Meike die Neuankömmlinge, einzutreten.

»Wird gemacht«, erwidert Mark gutgelaunt.

»Ist Verena hier?«

»Du hast es aber bannig eilig, die Deern wiederzusehen«, lacht Meike Gerdes.

»Ich meine«, stottert Mark verlegen, »weil ich Verena kenne, deswegen frage ich.«

»Du wirst sie sicherlich heute noch sehen. Sie weiß, daß du heute kommst«, erwidert Meike seufzend.

»Stimmt etwas nicht mit Verena, Frau Gerdes?«

»Das ist eine andere Sache Mark. Verena weiß nicht so recht, was sie eigentlich will. Mit einem Auge schielt sie aufs Festland, mit dem anderen möchte sie auf Rüge bleiben!«

»Eines Tages wird sie wissen, was sie wirklich will«, antwortet Mark selbstsicher.

»Glaubst du? Na, dann frage sie doch selbst! Da kommt sie schon.«

»Gute Idee!« Mark springt mit zwei großen Sätzen die Treppe hinunter.

»Wo willst du hin, Mark?«, fragt die Mutter besorgt.

»Komme später wieder!«

»Aber nicht zu spät.«

Mark hört die Mutter nicht mehr. Wenige Augenblicke später steht er Verena atemlos gegenüber.

»Hallo Verena!« begrüßt er sie freudig.

»Wo kommst du denn so schnell her, Mark?«

»Deine Oma hat dich kommen sehen.«

»Typisch Oma!«

»Omas sind alle so. Ich kenne doch meine Oma.« Beide stehen sie sich verlegen gegenüber.

»Mensch Verena, hast du dich verändert.«

Leben pulsiert durch Verenas Körper. »Findest du?«, erwidert sie zaghaft.

»Du bist ja eine richtige Dame geworden.«

»Nun übertreib' mal nicht.«

»Ich meine es ernst!« Seine bewundernden Blicke irritieren sie.

»Ist deine Mutter auch da?«, fragt sie, um die beginnende Spannung einwenig abzubauen.

»Komm, ich stelle dir meine Mutter vor!«

»Meinetwegen«, erwidert Verena gelangweilt. Viel lieber wäre sie mit Mark alleine geblieben.

»Wie lange bleibst du?«

»Mutter und ich werden vierzehn Tage lang unseren

Urlaub hier verbringen.«

»Hallo, ihr beiden. Schön, daß ich dich kennenlerne, Verena. Mark hat mir schon viel von dir erzählt«, kommt Marks Mutter auf Verena zu. Verenas Selbstsicherheit ist dahin.

›Verdammt, warum werde ich plötzlich so unsicher, mein Gesicht fühlt sich ganz heiß an. Ich sehe bestimmt schon wie ein Krebs aus.‹ Je länger sie neben Mark steht, desto nervöser wird sie. ›Mark hat sich verändert. Warum werden meine Hände so feucht?‹, sinniert sie.

»Hast du Lust, mit mir spazieren zu gehen? Wollen wir deine Eltern besuchen?« hört sie Mark sagen.

»Jetzt?« Verena kann ihre Enttäuschung kaum verbergen. Alles Andere hätte sie sich nun gewünscht, doch als sie in Marks leuchtende Augen schaut, nickt sie nur.

25

»Wen hast du denn da mitgebracht?« Fragend kommt Lars auf Verena und Mark zu. »Du kennst Mark, Vati?«

Lars glaubt, er hört nicht recht. ›Seit wann benimmt sich meine Tochter so sanft?‹ denkt er und schaut sich den jungen Mann einmal näher an.

»Willst wohl die Damenwelt durcheinander bringen, wie?« grinst Lars.

Verenas spöttische Augen blitzen ihn an.

»Nichts für ungut junger Mann, hab' nur laut gedacht.«

Betreten schaut Mark zu Boden.

»Komm, mein Vater übertreibt immer. Laß uns in die Gaststube gehen!«

»Ja.«

»Nun komm schon, laß uns gehen!«, fordert Verena ihn auf.

»Ist das nicht Mark?« Silke reicht dem jungen Mann an Verenas Seite erfreut die Hand. »Ich habe gehört, du hast deine Mutter mitgebracht? Bring sie doch mal mit. Ich freue mich schon.«

»Ich werde es ihr sagen. Sie wird bestimmt gerne kommen.«

»Dann macht mal weiter mit eurem Rundgang auf unserer kleinen Hallig.«

»Sie kann auch riesengroß sein, Frau Petersen. Komm Verena, gehen wir zum Nordstrand!«

"Das ist eine gute Idee, Mark." Übermütig laufen die

beiden davon.

»Zurück von der Wanderung?« Thea schaut belustigt in das erhitzte Gesicht ihres Jungen. »Ist es so warm draußen? Du schwitzt ja.«

»Du hast ja keine Ahnung, wie warm es hier auf der Hallig werden kann! Übrigens, bevor ich es vergesse, Verenas Eltern möchten dich kennen lernen, Mam.«

»Soll mir recht sein. Wo willst du denn nun schon wieder hin?«

»Wo soll ich schon hinwollen, Mam, natürlich die Hallig erkunden!«

»Lausebengel!«, bemerkt Thea leise.

26

Lars läuft heute mit finsterer Mine durchs Haus. Daß er nun mit wildfremden Menschen unter einem Dach leben soll, behagt ihm gar nicht.

›Warum sehnt Silke nur so sehr sich nach den fremden Menschen? Genügen ihr Verena und ich nicht? Hat sie sich nicht schon genug Arbeit und Verpflichtungen aufgehalst, als sie den Bürgermeisterposten übernahm, eine Arbeit, die sie schon zu Svens Lebzeiten gewissenhaft ausführte? Kenne sich da einer aus mit den Frauensleuten. Niemanden hätte sich Lars in diesem Augenblick lieber herbeigewünscht, als den alten Sven.

Auch wenn er sich mit ihm des öfteren überworfen hatte, so war Sven doch ein Mann, der ihn verstand.

»Hast du dich noch nicht umgezogen, Lars?«

»Wüßte nicht, für wen ich mich fein machen sollte.«

»Hast du denn vergessen, daß Mark und seine Mutter uns heute besuchen kommen?«

»Auch das noch, Weibervolk!« erregt er sich.

»Lars, bitte, empfange Mark und seine Mutter. Verena und ich müssen uns in der Küche beeilen!«

»Muß das sein?«

»Ja, bitte tue mir den Gefallen!«

»Meinetwegen!« mault er. Schwerfällig betritt er den dunklen Korridor. Eine schlanke Frauengestalt kommt ihm entgegen. ›Nanu, ist der Besuch schon da?‹ Lars wird hellwach, als die Frau näher kommt. Abrupt bleibt er stehen.

Auch die Frauengestalt bleibt stehen. Beide starren sie sich an, als könnten sie nicht glauben, was sie sehen.

»Thea, bist---, Thea, du hier?« Seine Stimme versagt ihm den Dienst. »Du, du bist die Mutter von diesem Mark, Thea?«

Thea löst sich langsam aus ihrer Starre. »Ja, ich bin die Mutter von Mark!« Sie starrt fassungslos auf den Mann, den sie niemals im Leben vergessen hatte. Es ist ihr, als greife eine kalte Hand nach ihrem Herzen, um sie gleich in einen Abgrund zu ziehen. Absichtlich übersieht sie seine Hand, die er ihr zur Begrüßung reichen will.

»So lebendig sieht also ein toter Seemann aus, Lars Petersen«, spottet sie. »Und dann wagst du es, mir die

Hand zu reichen, du elender Schuft?«

Lars ist viel zu aufgeregt, um auf Theas Haß zu reagieren. Immer noch kann er nicht glauben, daß es tatsächlich Thea ist, die vor ihm steht.

»Wie ist es möglich, daß ausgerechnet du unsere Hallig besuchst?«

»Eure Hallig? Höre ich richtig, Lars Petersen, eure Hallig?«

»Laß dir bitte erklären, Thea.«

»Spare, dir deine Erklärungen. Ich glaube dir sowieso kein Wort, du Heuchler und Betrüger!«

»Warum haßt du mich so? Haben wir uns nicht einmal sehr geliebt?«

»Geliebt? Haben uns geliebt, wie du so schön sagst! Gerade du mußt von Liebe sprechen, Lars Petersen!«

»Ja, ich habe dich geliebt. Und wenn du es wissen willst, ich habe nie aufgehört, dich zu lieben!«

»Ach, und weswegen bist du damals nicht mehr zu mir zurückgekehrt?«

»Bitte, Thea, laß dir erklären!«

»Nichts lasse ich mir erklären. Nur eins sollst du sofort wissen: Mark ist dein Sohn!«

»Mark ist mein Sohn?«

»Du hast dich nicht verhört.«

»Etwas freundlicher könntest du schon zu mir sein.«

»Glaubst du? Da irrst du dich aber gewaltig!«

»Wie ist es möglich, daß wir beide uns ausgerechnet hier begegnen müssen?«

»Weil alle Lügen irgendwann einmal ans Tageslicht

gelangen, deswegen mußten wir uns wieder begegnen.«

»Nicht so laut Thea! Wenn Silke erfährt, daß du und ich ---.«

»Was ist einmal zwischen euch gewesen, Lars?« Lars fährt wie elektrisiert herum, als er Silkes Stimme hört.

›Mein Gott, das hat mir gerade noch gefehlt.‹ Verzweifelt schaut Lars in Silkes blasses Gesicht.

»Nun sag ihr schon, woher wir uns beide kennen, Lars Petersen!«, befiehlt Thea.

Silke ahnt Furchtbares auf sich zukommen. Als würde ihr jemand den Hals zuschnüren, so elend ist ihr zumute. Dann fährt es kalt durch ihren Körper.

»Da ich sehe, daß Sie keine Ahnung vom Doppelleben ihres sauberen Ehemannes haben, so will ich Ihnen die Wahrheit sagen, bevor es für uns alle zu spät ist, Frau Petersen!«

»Von welcher Wahrheit sprechen Sie?«

»Lars und ich waren einmal miteinander verlobt und wir wollten sogar heiraten!«

»Ist das wahr?« Furchtlos tritt Silke auf Lars zu. »Sag mir die Wahrheit! Sagt Frau Willms die Wahrheit?« Silke spürt Lars Unsicherheit und eine nie gekannte Ruhe, durchströmt ihren viel zu schmal gewordenen Körper.

»Also doch! Mutter hatte doch Recht, als sie mich gleich zu Beginn vor dir warnte, Lars Petersen.«

»Mein Gott, was ist denn in euch Frauensleute gefahren?« Lars ist am Ende seiner Weisheit. »Hört endlich auf, mich laufend Lars Petersen zu nennen! Daß ich so heiße, weiß ich selber!«

»Wie sollen wir dich denn sonst nennen?«, fragt Thea ironisch.

»Alle haben wir damals geglaubt, du wärst mit deiner Gloria in der stürmischen Nordsee untergegangen und ich blöde Gans habe nie aufgehört, um dich zu trauern. Und wofür das alles? Weil du zu feige warst, dich dem Leben zu stellen!«

»Hör bitte zu, Thea!«

»Hör du mir erst einmal zu! Ich habe dir noch mehr zu sagen. Für deinen Leichtsinn wirst du bis ans Ende deiner Tage büßen, das schwöre ich dir!«

»Nun lasse dir doch erklären, Thea!«

»Ich will dich hängen sehen! Das ist mein größter Wunsch! Ich will mich an deinem Anblick ergötzen, wenn du dir selbst den Strick um den Hals legst, Lars Petersen!«

»Dazu wärest du fähig, Thea?«

»Ich wäre noch zu ganz anderen Dingen fähig, du elender, mieser Verräter!«

»Still, die Kinder kommen!«, bittet Lars. Ängstlich schaut er zur Tür.

»Wie ich sehe, habt ihr euch schon bekannt gemacht, Papa?« Verena schaut in die erhitzen Gesichter. Irgendwie kommt ihr das Verhalten der drei Menschen seltsam vor.

»Dein Vater und ich brauchten uns nicht bekannt zu machen. Ich kenne ihn bereits seit vielen Jahren, Verena!«

»Ihr kennt euch, Papa?«

»Sage deiner Tochter und deinem Sohn die Wahrheit,

Lars!«

»Was soll das heißen, deiner Tochter und deinem Sohn?« Verenas Augen weiten sich.

»Das soll heißen, daß Mark dein Halbbruder ist, Verena.«

»Nein, das glaube ich ihnen nicht! Ausgeschlossen!« wehrt sich Verena, denn sie kann und will es nicht glauben, was Marks Mutter sagt.

»Es tut mir leid, dich enttäuschen zu müssen, doch es ist die Wahrheit.«

»Nein! Hören Sie auf!« Anklagend schaut Verena den Vater an.

»Sag' mir, daß alles ein Irrtum ist.«

»Das kann ich nicht.«

»Du, du hast diese Frau einmal geliebt, Vater?«

»Ja Verena, bevor ich deine Mutter kennenlernte, war ich mit Thea, ich meine mit Frau Willms, verlobt.«

»Du gemeiner Schuft!«, klagt nun auch Verena den Vater an und läuft weinend davon.

Nun erst erwacht auch Mark aus seiner Starre. »Mam sag mir, daß das alles ein böser Scherz ist!«

»Das wäre dann leider ein schlechter Scherz gewesen, Mark. Glaube mir mein Junge, alles würde ich dafür geben, daß es nicht an dem wäre. Doch was du eben gehört hast, ist die Wahrheit!«

»Niemals werde ich diesen Mann als meinen Vater anerkennen!« Nahe dem Weinen stürmt nun auch Mark davon.

Lars wird zusehends verwirrter. Er weiß nicht mehr

aus noch ein. Weiß nicht, wie das Drama enden wird. Daß sie ihn nun alle gleichzeitig hassen, damit hat er nicht einmal im Traum gerechnet. Müde, und um Jahre gealtert, steuert auch er der nahen Tür zu.

»War wohl ein bisschen zu viel für dich, Lars Petersen?«

Lars dreht sich um. »Schluss jetzt Thea, sonst ---.«

»Was sonst?«

»Schweig; und verlasse sofort mein Haus!«

»Lars, unser, nicht dein Haus! Mein Gott, sage mir, daß das alles ein fürchterlicher Spuk ist.«

Thea sieht, welche Kämpfe sich in Silke abspielen. »Es tut mir furchtbar leid für Sie, ihnen so viel Kummer zugefügt zu haben, Frau Petersen, doch ich konnte nicht wissen und auch nicht schweigen.«

Die beiden Frauen blicken Lars scharf an.

»Pfui, Teufel!« Thea spuckt vor ihm aus.

Lars ringt erneut um Fassung und verliert sie zusehends mehr und mehr. Er ist mit seiner Beherrschung am Ende.

»Hinaus mit dir, Thea Willms!«

»Wer hier geht, bestimmst nicht du alleine!«, sagt Silke und stellt sich in die Nähe Theas.

»Ach so ist das. Du stellst dich auf die Seite dieser unmöglichen Person?«

»Interessant! Erst vorhin hattest du behauptet, mich immer noch zu lieben und nun bin ich eine unmögliche Person und jagst mich davon. So ist das also!«

»Ach, rutscht mir doch alle den Buckel runter!«,

schreit Lars und läßt die beiden Frauen alleine zurück.

»Verzeihen Sie, Frau Petersen«, entschuldigt sich Thea, »wie gerne hätte ich ihnen diesen Kummer erspart, doch hätte ich geschwiegen, hätten wir uns alle schuldig gemacht.«

Silke sieht an Thea vorbei und fragt geistesabwesend: »Von welcher Schuld sprechen Sie, Frau Willms?«

»Haben Sie es denn noch nicht bemerkt, daß Verena und Mark sich ineinander zu verlieben beginnen?«

Leise antwortet Silke: »Sie haben sich nichts vorzuwerfen, Frau Willms, es ist allein meine Schuld, daß alles so gekommen ist.«

»Warum nehmen Sie die Schuld auf sich?«

»Hätte ich damals auf meine Mutter gehört und wäre bei Nils geblieben, dann wäre Lars bestimmt wieder zu ihnen zurückgekehrt!«

»Hätte! Wäre! Sie haben nichts von ihm gewußt, weil Sie ihn nicht kannten, ich habe nichts von ihm gewußt, weil er für mich nicht mehr lebte!« Thea sieht gespannt auf Silkes unruhige Hände.

»Aber ich habe mit den Gesetzen der Hallig gebrochen. Dieser Bruch allein ist schuld genug!« Silke senkt ihren Blick.

»Bruch! Schuld! Das sind doch nur Gefühle! Werfen Sie solche Gedanken über Bord! Gesetze der Hallig! Haben Sie da mitbestimmt? Gefühle lassen sich nicht mit dem Kopf regeln.« Thea setzt sich gerade hin.

»So! Sind das keine Gefühle? Und was habe ich gesehen? Hat Lars ihnen nicht gerade vorhin seine Liebe gestanden?«

»Bewerten Sie seine Worte nicht so hoch. Lars hat schon so viel gesagt in seinem Leben.« Thea setzt ein hochmütiges Gesicht auf.

»Lieben Sie Lars noch immer?«, fragt Silke leise.

»Ich weiß es nicht. Und Sie, Frau Petersen, lieben Sie ihn? Trotz allem, was er ihnen angetan hat?« Thea schaut interessiert in Silkes Gesicht.

»Warum fragen Sie? Haben Sie nicht die größeren Rechte an ihm?«

»Nein, niemand von uns hat die größeren Rechte. Lars hat mit uns beiden gespielt.«

»Ja, schon, nur ---.« Silke wird von ihren Gefühlen hin und her geworfen. »Was gedenken Sie nun zu tun, Frau Willms?«

»Die gleiche Frage könnte ich auch an Sie stellen.«

»Nein, bitte nicht.«

»Warum nicht?« Thea schaut sie herausfordernd an.

»Ich weiß nicht, wie ich ohne Lars weiterleben soll.«

»So sehr lieben Sie ihn?«

»Ja!« Silke versucht ihre Schürze glatt zu zupfen.

»Arme Frau!«

»Wie soll ich das verstehen?«

»Sie tun mir leid, weil Sie Lars trotz allem lieben!«

»Sie lieben ihn doch auch immer noch! Geben Sie es doch zu!«

»Wie kommen Sie darauf?« Thea wird nervös.

»Weil ich es spüre, daß Sie ihn immer noch lieben!«

»Ich muß mich verabschieden.« Thea versucht,

aufzustehen.

»Sie haben meine Frage noch nicht beantwortet, Frau Willms.«

»Das kann ich nicht!«

»Warum nicht?"

»Meine Gefühle gehen niemanden etwas an, auch Sie nichts, Frau Petersen!«

»Schade!«

»Schade, wieso?

»Ich weiß, daß Sie nicht die Wahrheit sagen!« Silke schaut direkt in Theas Augen.

»Muß ich das?«

»Nein, nicht, nur --.«

»Auf Wiedersehen, Frau Petersen!«

»Auf Wiedersehen!«

Lange noch schaut Silke der gertenschlanken Thea nach. ›Warum mußte sie hier auftauchen und mir den Rest meines Lebens zerstören, warum? Wie wird sich Lars entscheiden? Wo mag er hingegangen sein? Ob Thea mich haßt?‹ Zweifel keimen immer wieder in ihr hoch und lassen sie keinen rechten Gedanken fassen.

7

Aufgewühlt kehrt Thea in ihre Pension zurück. Wie eine Diebin schleicht sie sich in ihr Zimmer. Ihr ist zum Heulen zumute. Innerlich ausgebrannt und am Ende ihrer Kraft, beginnt sie hemmungslos zu weinen.

Als sie sich etwas beruhigt, denkt sie immerfort an Silke. Unablässig starrt sie zur Zimmerdecke.

›Wo ist Mark? Ist er schon nach Hause gekommen? Er und Verena! Wie werden die beiden mit ihrer Liebe fertig werden? Lars hat uns alle vier unglücklich gemacht. Ich verfluche den Tag, an dem ich diesem Mann begegnet bin. Zum Teufel mit der Liebe, die die Menschen immer wieder in tiefe Konflikte stürzt, so, wie wir es nun alle schmerzlich erfahren‹, denkt sie an das Gespräch zurück. Als ihre Gedanken allmählich ruhiger werden, schläft sie erschöpft ein.

Plötzlich wird sie hellwach. Waren da nicht gerade Geräusche unter ihrem Fenster? Angestrengt lauscht sie in die Nacht. ›Das wird Mark sein. Ich muß sofort mit dem Jungen sprechen!‹ denkt sie erleichtert. Sie öffnet das Fenster und erschrickt.

»Lars! Lars Petersen!«

»Höre mir nur ein einziges Mal zu, bevor ich für immer aus deinem Leben verschwinde, Thea!«

»Scher dich zum Teufel!«

»Bitte Thea«, bettelt er erneut. Thea will aufbegehren und kommt gegen ihre Gefühle nicht an.

»Was versprichst du dir davon, Lars?«, fragt sie milder als beabsichtigt.

»Daß zwischen uns beiden kein Haß mehr besteht, mehr verlange ich nicht von dir.«

»Komm rein. Doch bitte sei leise!« Als hätte Lars nur auf diesen Augenblick gewartet, steigt er schnell durch das offene Fenster und steht nun siegessicher vor ihr.

»Machs kurz, Lars!«

»Na endlich, sagst du wieder Lars zu mir!« grinst er frech.

»Unverschämter Flegel. Was fällt dir ein, mitten in der Nacht bei mir aufzukreuzen. Was willst du?«

»Ich mußte dich einfach noch einmal sehen, bevor du unsere Hallig wieder verläßt.«

»Wieso verlasse ich die Hallig? Mein Urlaub ist noch nicht zu Ende. Ich wüßte nicht, warum ich morgen schon fortfahren sollte.«

»Du willst noch bleiben? Das kann doch wohl nicht dein Ernst sein?«

»Wer will mich zwingen, dieses wunderschöne Land zu verlassen? Wer hat sich denn von uns beiden schuldig gemacht, Lars Petersen?«

»Schon gut. Trotzdem würde ich dir raten, Rüge morgen wieder zu verlassen.«

»Warum?«

»Weil ich das Schiff extra für dich angeheuert habe!«

»Du zerbrichst dir meinen Kopf?«

»Ja Thea, denn ich weiß, daß du mich immer noch liebst.«

»Bist du verrückt geworden?« protestiert sie schwach.

»Im Gegenteil. Nie war ich normaler als jetzt.«

»Sei dir da mal nicht so sicher, Petersen.«

»Benutze nie mehr meinen Nachnamen, hörst du?«

Sie wehrt sich nicht, als er sie zärtlich an sich drückt.

»Thea, Liebste«, flüstert er ihr verliebte Worte zu. Er spürt sein Herz wild schlagen und zieht sie stürmisch zu sich heran. »Thea, wie habe ich mich nach dir gesehnt!« Aller Haß, den sie in sich spürte, räumt nun einer verzehrenden Liebe den Platz.

Als Lars Thea gegen Morgen wieder verläßt, weiß er immer noch nicht, wie es weitergehen soll. Auf Rüge bleiben kann er nicht, denn spätestens morgen schon würden ihn die Menschen mit ihrem Haß verfolgen und ihm keine Ruhe mehr lassen.

Verena wird von ihrem ersten Liebesschmerz überwältigt. Die Wunde, die die erste große Liebe in ihrem Herzen hinterlassen hat, will einfach nicht heilen. Niemanden will sie sehen, nicht einmal Mark, den sie mit jeder Faser ihres Herzens begehrt.

Auch für Silke bricht eine Welt zusammen. Die Sorge um Verena und das plötzliche Verschwinden von Lars zerren an ihren Nerven. Als hätte Lars der Erdboden verschluckt, bleibt er unauffindbar. Niemand der Rügener Bürger weiß etwas über den Verbleib des Fremden. Sie wollen es auch gar nicht wissen, denn er ist für sie immer ein Fremder geblieben.

Hauke Feddersen kommt es sehr gelegen, daß man der stolzen Silke so übel mitgespielt hat. Nur Nils grämt sich um Silke, die nun zum Gespött der Leute geworden ist.

Erneut schöpft er Hoffnung, Silke doch noch für sich zu gewinnen. Ruhig wie immer verrichtet er seine Arbeiten und läßt sich von niemandem in die Karten schauen. Wenn sich sein Vater spottend über Silke äußert, schweigt er. Des öfteren sucht er wieder die gemütliche Gaststube auf, in der Silke hinter der Theke steht.

28

Jahre sind ins Land gegangen. Nils hat mit seiner Hartnäckigkeit erreicht, daß Silke und er ein Paar wurden. Wenngleich sie nicht miteinander verheiratet sind, weil Silke immer noch an Lars gebunden ist, leben sie trotz allem recht zufrieden miteinander. Da niemand von ihnen weiß, an welchem Ort Lars lebt, kann Silkes Ehe nicht geschieden werden. Die Leute beginnen, hinter Nils Rücken zu klatschen.

»Wie lange will Nils denn noch in wilder Ehe leben? Warum bemüht Silke sich nicht, nach dem Fremden zu suchen, um endlich von ihm geschieden zu werden?« Die Gerüchteküche kocht. Hauke Feddersen, der einst böse Verleumdungen in die Welt gesetzt hatte, muß nun verschämt seinen Mund halten. Hat sein Sohn nicht endlich die Frau bekommen, nach der er sich immer gesehnt hat?

Mit den Jahren hat sich Silke einen eisernen Panzer zugelegt, den sie nicht einmal selbst sprengen kann. Sie hat Lars nie vergessen. Dieses Geheimnis hütet sie, wie einen kostbaren Schatz. Niemand hat Zugang zu ihrer Seele. Auch Nils nicht.

Auch zu Verena hat sie den Kontakt verloren. Verena hat es ihrem Vater nicht verziehen, daß sie und Mark Halbgeschwister sind. Verbittert hat sie alle Kontakte zu ihrem Elternhaus abgebrochen und die Hallig verlassen. Nie wieder möchte sie an die Vergangenheit erinnert werden.

29

»Post für dich, Silke!« Nils überreicht Silke einen schmucklosen grünen Brief, der ohne Absender an sie adressiert ist.

»Wer mag das sein?«, überlegt Silke beim Öffnen des Briefes. Sie prallt zurück. Die Buchstaben beginnen, vor ihren Augen zu tanzen. Ihr schmaler Körper wirkt noch zerbrechlicher.

»Silke, was ist?« Nils geht besorgt auf sie zu.

Er will nach ihrer Hand greifen, doch sie hört ihn nicht mehr. Sie stürzt zu Boden.

»Silke, hörst du mich?« Wiederholt ruft Nils ihren Namen.

Vorsichtig trägt er sie aufs Sofa und klopft leicht ihre Wangen.

»Wo bin ich?« Silke schlägt die Augen auf. Als sie in Nils besorgtes Gesicht schaut, erinnert sie sich. Ihr Blick fällt auf den Brief, der ihr vorhin aus den Händen geglitten ist.

»Was hat dich so erschreckt?«

»Lies nur selbst«, sagt sie mit zitternder Stimme.

»Es ist dein Brief!«

»Nun lies schon!« Nils hebt den Brief auf und liest.

›Liebe Deern! Verzeihe mir, daß ich Dich so

unglücklich gemacht habe. Doch glaube mir, nie habe ich Dich vergessen können. Meine Liebe und mein Sehnen gehören Dir. Bitte melde Dich!

Dein unglücklicher Lars!‹

»Das kann doch nicht wahr sein! Meine ganze Liebe und mein Sehnen gehören dir! Was will der Kerl von dir?« Nils schreit es mit einer Heftigkeit hinaus, daß Silke Angst bekommt.

»Nils, so erregt kenne ich dich ja gar nicht.«

Nils reagiert nicht. »Der wagt es, sich nach so vielen Jahren wieder bei dir zu melden und tut so, als wäre nichts geschehen!«

»Aber bedenke doch«, erwidert Silke schwach, »endlich kann ich mich von Lars scheiden lassen.«

»Das ist aber auch das einzig Erfreuliche. Daran habe ich noch gar nicht gedacht. Dann wirst du endlich frei für mich, meine geliebte Silke!«

Nils sieht Tränen in Silkes Augen und wird von einer unerklärlichen Angst befallen. ›Liebt sie diesen Vagabunden immer noch? Nein, niemals gebe ich Silke wieder her!‹

Immer stärker versucht die Angst, ihn in den Abgrund zu ziehen. ›Wo treibt sich dieser Kerl nur herum?‹

›Nils ist ja immer noch eifersüchtig auf Lars. Wie soll es nur weitergehen?‹ Silke kann an nichts Anderem mehr denken, als an Lars Brief. Sie erschauert bei den Gedanken, Lars würde anstelle Nils plötzlich neben ihr stehen. ›Wohin treiben mich meine Gedanken. Bitte lieber

Gott, lasse mich weiterhin mit Nils zusammenleben. Noch einmal würde Nils eine Enttäuschung nicht verkraften.‹

Überglücklich drückt Lars den Brief an sich. Als er ihn liest, wird er zornig. »Silke will die Scheidung. Das kann doch nicht ihr Ernst sein!« Verächtlich wirft er den Brief auf den Boden. »Scheidung! Das hat sie sich so gedacht! Aber ohne mich! Ich will dich, Silke Petersen, verstehst du mich?« Ein böses Lächeln umspielt seine harten Mundwinkel und verzerrt sein Gesicht zu einer einzigen Grimasse.

Lange muß Silke auf eine Antwort von Lars warten. Und als sie dann eines Tages einen Brief von ihm erhält, weiß sich nicht, ob sie weinen oder lachen soll.

»Ich denke nicht daran, mich von Dir scheiden zu lassen!« liest sie zum wiederholten Male.

»Was schreibt er?«, fragt Nils.

»Er willigt nicht in eine Scheidung ein.«

Nils starrt Silke an, als schaue er bis auf ihrer Seele Grund. Silkes Augenlider beginnen merklich zu flattern, als Nils sie so seltsam anschaut und böse Verwünschungen gegen Lars ausspricht. »Dieser mißratene Seemann! Was denkt der sich eigentlich? Glaubt der etwa immer noch, daß du erneut auf ihn hereinfällst?«

»Bitte, Nils, rege dich nicht so auf!«

»Ich soll mich nicht aufregen! Und daß du es weißt, komme was da will, ich gebe dich niemals wieder her, hörst du?«

Der eigenartige Ausdruck in Silkes Augen verrät Nils, daß sie diesem Fremden immer noch verfallen ist.

Da ist sie wieder, die teuflische Angst, die wie ein gieriges Gespenst durch Nils Seele geistert. Und so kämpfen Nils und Silke einen einsamen Kampf, weil sie nicht wissen, auf welch grausame Art sie von ihrem eigenen Unbewußten geknechtet werden.

»Lieber Gott, hilf mir!«, betet Silke inbrünstig am Ende ihrer Kraft. Alles Betteln und Flehen erhört Gott nicht, sondern treibt ein noch grausameres Spiel mit ihr. Hin und her gerissen zwischen Liebe und Schuld durchlebt sie Höllenqualen.

30

»Lars, du?« Silke ist wie gelähmt, als ihr Lars eines Tages unangemeldet gegenüber steht. Sie will die entscheidende Frage an ihn richten und schafft es nicht. Sie ist nicht mehr Herrin ihrer eigenen Gefühle. Unsicher wankt sie Lars entgegen.

Lars spürt ihre Zuneigung und zieht sie überhastet zu sich heran. »Deern, endlich!« Silke wehrt sich nicht, als er sie küßt.

»Es war die Hölle ohne dich!«, flüstert er ihr ins Ohr. Silke sieht Nils vor sich. Zweifel befallen sie. Energisch schiebt sie Nils Bild von sich, denn sie will nur glücklich sein. Lars ist zurückgekehrt, nur das zählt.

Als Nils dann tatsächlich den Raum betritt und mit

fassungslosen Augen auf die beiden starrt, erwacht sie aus ihrer Verzauberung.

»Nils, bitte, entschuldige«, stottert sie, als sie Nils entstellten Gesichtsausdruck sieht.

»Du Hure, du ganz gemeine Hure!«, schreit Nils sie an.

»Was hat das zu bedeuten, Silke?« Lars wird neugierig. »Du lebst doch nicht etwa mit dieser lächerlichen Figur unter meinem Dach?«

Nun verliert Nils endgültig die Kontrolle über sich. Er will sich auf Lars stürzen, doch der weicht einen Schritt zurück, um gegen Nils Angriff besser gewappnet zu sein.

»Komm nur, du Schwächling!«

»Ich werde dir schon zeigen, wer hier der Schwächling ist!«, droht Nils und rennt blitzschnell auf Lars zu. Mit aller Wucht rammt er seinen Kopf in Lars Nieren. Lars bäumt sich auf vor Schmerzen.

»Du lächerliche Figur von einem Mann! Glaubst du immer noch, Silke an dich binden zu können?« tobt Lars unter Schmerzen.

»Hört auf! Ich bitte euch!«, fleht Silke.

Die beiden Streitenden hören nicht auf sie, sondern verkeilen sich immer mehr ineinander. Lars hat sichtliche Mühe, sich den flinken und geschickten Nils vom Leibe zu halten. Ist Lars Nils an Stärke überlegen, so schafft er es trotzdem nicht, den wendigen Nils zu besiegen. Erst, als Silke sich mutig zwischen die beiden wirft, werden sie für Augenblicke voneinander getrennt.

»Schluß!«, schreit sie beide an. Nils stürmt wie ein

Wahnsinniger davon.

Silke will ihm nachlaufen, doch Lars stellt sich ihr in den Weg.

»Bleib'!«, befiehlt er grob.

»Laß mich, Lars Petersen!«, erwidert sie verächtlich.

Lars überhört ihren verachtenden Ton und fragt fassungslos: »Du bist zu diesem Trottel zurückgekehrt?«

»Spotte nicht über Nils!« Böse faucht sie ihn an: »Wo bist du die ganze Zeit gewesen?«

»Aber Silke, was ist denn plötzlich in dich gefahren? Du liebst diesen Schwächling doch nicht etwa wirklich?«

»Ich habe dir eine Frage gestellt, Lars Petersen!«

»Das ist eine sehr lange Geschichte, die ich dir ein anderes Mal in Ruhe erzählen werde«, versucht sich Lars aus der Schlinge zu ziehen, die sich immer enger um seinen Hals zusammenzieht. Er wird wieder an Theas Worte erinnert, die zu ihm sagte, daß sie ihn hängen sehen will. »Nein, niemand wird mich hängen sehen. Auch du nicht, du Düwel dort droben. Du bekommst deine Chance noch lange nicht, du großer und gerechter Gott!« spottet er.

»Was sagst du da?« beängstigend schaut Silke ihn an.

»Was weißt du denn schon von dem dort droben? Nichts, Silke Petersen!«

»Aber du, du weißt es, ja?«

»Oh ja, denn ich bin in meinem Leben nicht nur einmal durch die Hölle gegangen!«

»Wieso Hölle? Warum verbindest du Gott und den Teufel mit der Hölle?«

»Weil sie ein und dieselbe Figur, ein und dieselbe Kraft sind! Deshalb!«

»Versündige dich nicht!«

»Versündigen! An wen soll ich mich versündigen? An eurem Gott, den ihr bei Tag und bei Nacht anbetet? Ich werde dir mal etwas sagen: Gäbe es diesen Gott wirklich, und wäre dieser Gott ein gerechter und gnädiger Gott, so wie ihr es immer wieder behauptet, würde dann dieser barmherzige Gott soviel Elend zulassen, so wie es tagtäglich auf unserem Erdball geschieht? Nee Deern, Gott ist eine Figur, die sich der Mensch selbst erschaffen hat, um sich und seinen Nächsten zum Unterdrückten und Opfer zu machen. So, nun weißt du, wie ich über euren Wundertäter dort droben denke. Das heißt, wenn er wirklich dort droben ist!«

»Oh Lars, was redest du. Hast du bisher auch nur ein einziges Mal nach deiner Tochter gefragt?«

»Verena läuft mir nicht davon. Du, nur du, bist mir wichtig.« Erneut will er Silke an sich ziehen, doch Silke stößt ihn zurück.

»Nur ich bin dir wichtig, sagst du? Ich bin dir so wichtig, daß du dich wie ein Dieb von Rüge fortgeschlichen und mich und Verena jahrelang alleine gelassen hast. Nein, Lars, so leicht mache ich es dir nicht.«

»Was soll das heißen? Hast du das mit der Scheidung ernst gemeint?«

»Es ist immer noch mein fester Wille, mich von dir scheiden zu lassen!«

»So, und dann läßt du dich von mir küssen?«

»Dafür schäme ich mich zutiefst.«

»Vor was schämst du dich wirklich?« Düster schaut Lars auf sie herab.

»Daß ich mich überhaupt mit dir eingelassen habe.«

»Die Erkenntnis kommt dir aber reichlich spät. Wer hat dir den Floh ins Ohr gesetzt? Der schmächtige Nils oder deine rechthaberische Mutter?« Hart umspannt er Silkes Arm.

»Laß mich sofort los!«

»Ich denke gar nicht daran! Erst einmal sagst du mir, warum du dich schämst, dich mit mir eingelassen zu haben!«

»Warum bist du wieder zurückgekommen?« versucht sie von ihren Gefühlen abzulenken.

»Weil ich ohne dich nicht leben kann.«

»Du lügst!«

»Glaubst du das wirklich?«

»Ja, ich glaube es«, erwidert sie kleinlaut, denn sie ist sich nicht mehr ganz sicher, ob Lars wirklich lügt. Unabsichtlich berührt sie sein Gesicht und spürt seinen hastenden Atem.

Immer näher kommen sich ihre Lippen. Lars glaubt, am Ziel zu sein. »Endlich wirst du vernünftig«, sagt er zärtlich.

Erst als die untergehende Sonne hinter dem Meer verschwindet und die Dämmerung langsam einsetzt, erwacht Silke aus ihrem Rausch. Sie schaut zur Uhr. Gleich zehn Uhr. Wo Nils nur bleibt? Gewissensbisse plagen sie.

»Bitte Lars, wir müssen vernünftig sein.« Sie will sich aus seiner Umarmung lösen, doch Lars gibt sie nicht frei.

»Ich muß Nils suchen. So lange war er noch nie fort!«

»Der wird schon wiederkommen. Bitte bleib'.«

»Nein, ich werde Nils suchen, denn ich habe mich ihm gegenüber schuldig gemacht, Lars.«

»Du willst diesen Trottel zurückholen. Fällt dir das nicht zu spät ein?«

»Laß die Ironie! Helfe mir lieber Nils zu suchen!«

»Das ist doch nicht dein Ernst?«

Silke will Lars gemeine Worte nicht länger hören. Ihr Puls rast, als sie sich auf den Weg begibt, Nils zu suchen.

Ein eisiger Wind schlägt ihr entgegen. Ohne zu zögern, schlägt sie den Weg zur See ein.

Sie schaut zum Halligufer hinüber und wird unruhig. ›Wer sind die vielen Leute dort?‹ Angst steigt in ihr hoch. Abwartend bleibt sie stehen. ›Was hat das alles zu bedeuten?‹ Angestrengt schaut sie auf die Menschen, die sich langsam in Bewegung setzen. Nun erst erkennt sie Hauke Feddersen deutlich, der sehr erregt zu sein scheint.

›Nils muß etwas zugestoßen sein.‹ Noch hat niemand der Männer sie bemerkt. ›Was soll ich tun?‹ überlegt sie. Geistesgegenwärtig wirft sie sich ins hohe Halliggras. Ihr Herz rast zum Zerspringen. Wie eine Diebin schleicht sie durch das Gras. Von niemandem wird sie bemerkt. Schon hört sie ihren Vater sagen: »Hauke, diese Tragödie. Wie konnte das alles geschehen?«

›Hat sich Nils etwas angetan?‹ Die Angst schnürt Silkes Kehle zu. Nun erkennt sie auch die anderen Männer, die eine Bahre mit sich tragen. »Nein, sag, daß das nicht wahr ist. Lieber Gott, sage mir, daß das nicht wahr ist, was ich sehe.« Sie schaut zum abendlichen Himmel, als erwarte sie von dort eine harte Strafe. Noch scheint niemand zu wissen, wie sich die Tragödie ereignet hat. ›Ich muß Lars warnen, bevor sie unser Haus erreichen.‹ So schnell sie ihre Füße tragen, bahnt sie sich einen Weg durch das hohe Gras.

›Ich muß vor ihnen unser Haus erreichen.‹ Und sie schafft das schier Unmögliche. Niemand hat sie bemerkt, als sie an ihrem Haus ankommt.

»Lars, wo bist du?«, ruft sie leise, denn jeden Augenblick können die Männer da sein.

»Warum schleichst du durch die Hintertür?« Verständnislos schaut Lars in das verängstigte Gesicht Silkes.

»Hör zu Lars, mir bleibt nun keine Zeit mehr für lange Erklärungen. Du mußt dich sofort verstecken, hörst du?«

»Kannst du mir mal sagen, was hier vor sich geht?«

»Frag nicht lange Lars, da kommen sie schon.«

»Wer?«

»Schnell! Verstecke dich auf dem Dachboden, alles Andere erkläre ich dir später!«

Gerade noch rechtzeitig kann Lars auf den Dachboden flüchten, bevor es an die Haustür klopft. Silkes Herz rast zum Zerspringen.

Sie friert entsetzlich, als sie die Haustür öffnet.

»Silke, ein schreckliches Unglück!«, hört sie ihren Vater sagen.

»Wen bringt ihr da?« Silke prallt entsetzt zurück.

»Nils! Ist er tot, Vater?«

»Ja. Wir haben ihn vorhin am Ufer bei der letzten Wehrbefestigung gefunden!«

»Wie konnte das geschehen?« Ihre eigene Stimme will ihr nicht mehr gehorchen, denn alles, was sie nun sagt, ist nichts weiter als ein hilfloses Stammeln. Worte, die sie nicht einmal selbst versteht.

»Arme Deern!« Mitfühlend legt ihr Vater seinen Arm um ihre zuckende Schulter.

Silke prallt entsetzt zurück, als sie auf den toten Nils schaut. ›Hat Nils mich nicht gerade anklagend angesehen? Meine Nerven treiben ein grausames Spiel mit mir!‹ beginnt sie, sich mit ihrer eigenen Seele auseinanderzusetzen.

31

Neugierig kommt Lars auf Zehenspitzen die Treppe herunter. Ein böses Lachen umspielt seine schmal gewordenen Lippen, als er vom Tod Nils Feddersen hört.

›Der Trottel hat mir den Weg zur Silke wieder frei gemacht!‹ triumphiert er. Seine innere Befriedigung macht ihn leichtsinnig. Unvorsichtig tritt er bei einer Treppenstufe daneben und rutscht die Treppe hinunter.

Die Männer, die gerade im Begriff sind, den Leichnam in die Kirche zu bringen, bleiben bei dem plötzlichen Lärm stehen. Hauke Feddersen wendet sich an Silke: »Ist noch jemand im Haus?« Fragend schaut er sie an. Bevor Silke antworten kann, steht Lars in der Tür.

»Du hast es erraten, Hauke Feddersen!« Lars geht auf Hauke zu und stellt sich breitbeinig vor ihn.

»Du wagst es, hierher zurückzukommen, Fremder?«

»Warum sollte ich nicht zurückkommen? Frag doch Silke, wie glücklich sie ist, daß ich wieder hier bin.«

»Scher dich zum Teufel!«, flucht Hauke und faucht nun auch Silke an: »Was hat das alles zu bedeuten?« Als Silke schweigt, ist es mit Haukes Fassung vorbei. Ohnmächtig vor Zorn will er sich auf Lars stürzen und besinnt sich dann doch eines besseren. Feindselig sieht er Silke an: »Du hast meinen Sohn auf dem Gewissen und dafür wirst du büßen, solange auch nur ein Blutstropfen in mir steckt, Silke Petersen.«

»Wofür soll Silke büßen? Für deinen schwachen Sohn, den Silke niemals geliebt hat!«

Nun ist Lars einen Schritt zu weit gegangen. Jeder Blutstropfen ist Hauke aus dem Gesicht gewichen. »Du elender Lump und du schlechte Deern, ihr beide habt meinen Nils auf dem Gewissen. Ich schwöre euch beiden, daß ihr ab jetzt keine Ruhe mehr vor mir haben werdet!« Hauke ist außer sich vor Zorn und Schmerz, den ihm die beiden zugefügt haben.

Auch Tade Gerdes geht nun mit Silke und seinem Schwiegersohn hart ins Gericht. Mitfühlend legt er Hauke die Hand auf den Arm und sagt: »Hauke, ich schäme mich zutiefst für das, was meine Tochter getan hat. Eins sollst du wissen: Ab heute habe ich keine Tochter mehr. Komm, bringen wir deinen Jungen zur Kirche!«

»Vater, richte nicht so hart über mich!«, fleht Silke den Vater an, doch er reagiert nicht, sondern dreht sich um und geht mit den Männern.

Silke ist am Ende ihrer Kraft. Sie will das Haus verlassen und wird von Lars daran gehindert.

»Wo willst du denn hin? Dich trifft doch keinerlei Schuld!« Silke will nicht hören und gebärdet sich wie eine Wilde. Immer wieder klagt sie sich an. Lars geht ihr Gejammer auf die Nerven. »Nun ist es aber genug!«, sagt er wütend und schlägt mit der flachen Hand auf den Tisch.

Silke bekommt Angst. ›Er hat sich immer noch nicht geändert!‹ überdenkt sie die mißliche Lage, in der sie sich wieder einmal befindet.

Erst nun wird ihr bewußt, daß sie nichts mehr vom

Leben zu erwarten hat. Nils, ihr treuer Freund, lebt nicht mehr und sie trägt die Schuld an seinem Tod. Eine Schuld, die zentnerschwer auf ihren schmalen Schultern lastet.

»Wie soll das Leben nun weitergehen?« Immer noch hängt Silke wie ein verängstigtes Reh an Lars Lippen.

»Wie es bisher weitergegangen ist. Alles wird wieder so, wie es früher einmal war.«

»Niemals wird es mehr so wie früher sein.«

»Wer sagt das, Deern?«

»Belüge dich doch nicht selbst.«

»Was soll das heißen! Wer belügt hier wen?«

»Mehr hast du mir zu Nils Tod nicht zu sagen?«

»Was willst du hören?«

»Die Wahrheit!«

»Von welcher Wahrheit sprichst du?«

»Ich spreche von den Dingen, mit den du uns von Anfang an genarrt hast.«

»Habe ich dir nicht das Wesentliche gesagt, Mädel?«

»Nein, das hast du nicht! Immer noch weiß ich nicht, wo du dich die ganzen Jahre aufgehalten hast. Immer noch weiß ich nicht, ob du nicht nur aus purer Existenzangst wieder zu mir zurückgekehrt bist.«

»Bist du fertig?«

»Nein, denn du wirst mir immer neue Rätsel aufgeben, Lars Petersen.«

»Was willst du eigentlich? Schließlich warst du nicht mit diesem Trottel, sondern immer noch mit mir verheiratet. Hast du das vergessen?« Nie zuvor war ihm

Silke verführerischer vorgekommen als in diesem Augenblick. Ihr Sträuben reizt ihn, sie erneut in die Arme zu nehmen.

»Laß das!« faucht sie böse.

»Was soll das heißen?« Lars spürt sein Herz einige Takte schneller schlagen. »Komm schon! Zier' dich nicht so«, bedrängt er sie.

»Wie kannst du in diesem Augenblick nur an dich denken. Was bist du nur für ein Mensch? Dort drüben in der Kirche bahren sie gerade Nils auf, an dessen Tod du mitschuldig bist und du denkst an nichts Anderes, als an deinen Trieb.«

»So ist das also. Du gibst mir die Mitschuld an seinem Tod.«

»Ja, ich gebe uns beiden die Schuld an Nils Tod, denn wärst du nicht gekommen, würde Nils heute noch leben.«

»Ja, ja, klage mich nur an, klage meinetwegen die ganze Welt an, mir imponierst du nicht mit deinem Klagen! Mir nicht! Verstehst du?«

32

Die kleine Kirchenglocke von Rüge läutet, als man Nils zu Grabe trägt. Die Einwohner von Rüge stehen fassungslos an der Bahre des jungen Nils und können seinen frühen Tod nicht fassen. Stumm drücken die Trauergäste Anne und Hauke Feddersen die Hand. Ihnen hat der Tod ihr Liebstes genommen. Als wären sie alle eine große, verschworene Gemeinschaft, so fest halten die Halligbewohner nun in ihrem Schmerz zusammen. Silke hat man die Teilnahme an der Beerdigung verweigert.

»Niemals wieder soll mir Silke unter die Augen treten!«, hatte Hauke Feddersen allen verkündet. Auch Tade Gerdes kann es der Tochter nicht verzeihen, daß sie die größte Schuld an Nils Tod trägt. Silke leidet wie ein Hund. Nicht nur, daß sie sich selbst anklagt, sie bekommt zudem nun auch noch den grenzenlosen Haß der Menschen zu spüren.

Lars ist auf Rüge geblieben. Wo sollte er auch hin, denn für ihn gibt es kein zurück mehr. Als ihm Thea eines Tages die Tür wies, war ihm nichts Anderes übrig geblieben, als wieder zur Hallig zurückzukehren. Zum zweiten Mal hat er Hamburg den Rücken gekehrt. Doch dieses Mal, so schwor er sich, soll es ein Abschied für immer werden. Nie soll Silke erfahren, wo er sich die Jahre über aufgehalten hat. Geschickt weicht er ihren Fragen aus, wenn sie ihn bedrängt, wo er gewesen ist.

›Daß Nils mir den Weg zu Silke wieder freigemacht hat, ist für mich wie ein Lottogewinn‹, sinniert er über sein zukünftiges Leben nach. Daß auch Silke wieder einmal von allen Rügener Bürgern gemieden wird, stört ihn wenig. ›Auch mich hat man nie Nähe spüren lassen. Warum soll es Silke besser ergehen als mir. Was kümmert es mich, ob sie leidet. Hauptsache ich habe ein Dach über den Kopf, nur das zählt.‹

33

Silke hat nun auch noch ihr Bürgermeisteramt zur Verfügung stellen müssen, das sie nach Sven Jacobsens plötzlichen Tod gewissenhaft und verantwortungsvoll ausgeführt hatte. Hauke Feddersen hatte dafür gesorgt, daß man Silke dieses wichtige Amt aus den Händen nahm. Und Hauke stand mit seiner Meinung nicht alleine da. Auch die anderen Halligbewohner verweigern Silke ihr Vertrauen. Selbst Meike und Tade Gerdes mußten sich der Mehrheit beugen und Position gegen die eigene Tochter beziehen. Tade leidet trotzdem, auch wenn er seiner Tochter viel vorzuwerfen hat. Silkes Entschluß, mit Lars Petersen wieder unter einem Dach zu leben, wird von allen aufs schärfste mißbilligt.

Meike Gerdes ist es egal, mit wem Silke gerade ihr Bett teilt. Sie läßt auch weiterhin kein gutes Haar an der Tochter und wird nicht müde, es immer wieder zu betonten, daß sie die Tochter von Anfang an vor dem Fremden gewarnt hatte.

»Mein Gott, was hat Silke denn schon verbrochen, daß man sie wie eine Aussätzige behandelt?«, beginnt Gesine Ontje über Silkes Schicksal nachzudenken. »Dürfen wir über sie richten, nur weil sie nicht von dem Mann lassen kann, den sie liebt?« Karl Ontje ist der gleichen Meinung. Nach langem Schweigen erwidert er: »Ja, Gesine, du hast Recht. Wir sollten endlich Schluß machen und uns wieder mit Silke versöhnen. Silke hat sich nun einmal für den Fremden entschieden. Wer von uns ist frei von Schuld. Wer im Glashaus sitzt, soll nicht mit den Steinen um sich werfen.«

»Ich danke dir Karl, daß du so denkst wie ich.« Bewundernd drückt Gesine ihren Mann an sich.

»Wofür Gesine? Niemand hat ein Recht, über Silke und den Fremden zu richten, auch wir nicht. Ich werde sie in den nächsten Tagen einmal besuchen.«

Silke schweigt zu allen Anfeindungen. Niemand will ihre seelischen Qualen sehen. Ihre einstmals grenzenlose Liebe zu Lars ist schon seit Ewigkeiten zerstört. Zurück sind nur Schmerzen in der Seele geblieben.

›Ich bin auf einen Egoisten und Menschenverachter hereingefallen, der nur von der Begierde besessen ist, sich selbst und alle ihm nahestehenden Menschen zu verletzen. Doch was nutzt mir diese späte Erkenntnis?‹ sinniert sie. So leidet sie geduldig weiter und schweigt. ›Warum nur, Nils?‹ fragt sie sich immer wieder.

Es vergeht kaum ein Tag, an dem sie nicht an den treuen Freund erinnert wird. ›Warum hast du nicht um mich gekämpft? Kein anderer Mensch hat mich so geliebt wie du.‹ Doch alles Klagen hilft ihr nicht weiter, denn Nils ist nicht mehr da. Der einzige Mensch, der sie geliebt hat, weilt nicht mehr unter den Lebenden.

34

Verena hat sich aus der Enge ihres Elternhauses befreit und lebt nun ein völlig freies Leben, das sie Abend für Abend in Flensburgs Nachtbars zubringt. Sie gilt in den gewissen Kreisen als uneingeschränkte Königin der Nacht. Ihr unsolider Lebenswandel hat sich bis auf Rüge herumgesprochen und sorgt für neuen Gesprächsstoff.

Silke ist müde geworden. Ihr einstmals starker Lebenswille ist zerbrochen. Niemand auf Rüge ahnt, wie krank sie wirklich ist.

Lars interessiert es wenig, welchen Lebenswandel seine Tochter führt. Ihm ist es egal, was die Leute über sie tuscheln. Niemals hat Verena ihn Nähe spüren lassen. Vatergefühle kann er weder für Verena noch für Mark empfinden.

›Der Junge ist genauso verbohrt wie Verena‹, beruhigt sich Lars jedes Mal, wenn er an seine Kinder erinnert wird. ›Ich tauge eben als Vater nicht‹, entschuldigt er sein eigenes Versagen. Gewissensbisse, wie sie Silke plagen, sind ihm fremd. Auch heute ist wieder ein Tag, an dem sich Silke weit fort gewünscht hätte.

Sie ist gerade mit Bügelarbeiten beschäftigt, als Karl Ontje das Zimmer betritt.

»Du, Karl Ontje?« Silke starrt ihn an, als stehe ein Geist vor ihr.

Karl Ontje duckt sich etwas unter dem erschreckten Gesichtsausdruck Silkes. »Ja, schau mich nur so an, denn so sieht ein erbärmlicher Feigling aus!«

»Warum sagst du das?«

»Weil es die Wahrheit ist.«

»Wer kennt von uns Menschen denn schon die Wahrheit?«

»Ich gebe dir in diesem Punkt Recht, denn auch ich

weiß sie nicht. Doch eins weiß ich ganz genau, ich möchte dich um Verzeihung bitten, Silke.«

»Warum willst du mich um Verzeihung bitten?«

»Aber Silke.«

»Laß mich ausreden, Karl.«

»Bitte, wenn es dich erleichtert.«

»Ja Karl, denn ich weiß, daß es mich erleichtern wird, wenn ich mir meine Schuld von der Seele reden kann.«

»Du sprichst von Schuld, Silke?«

»Ja, ich spreche von meiner großen Schuld, euch allen gegenüber.«

»Silke! So darfst du nie wieder reden, hörst du?«

»Doch, ich werde so lange von meiner Schuld reden, bis ich meine Strafe verbüßt habe.«

»Silke! Wach auf, bevor es zu spät ist.«

»Für mich ist es schon lange zu spät.«

»Nein, niemals ist es zu spät. Bitte Mädel, gib dich nicht selbst auf.« Karl Ontje bekommt Angst, als er Silke so reden hört. »Ist dein Mann zu Hause?«

»Ja. Was willst du von Lars?«

»Ich möchte mit ihm von Mann zu Mann reden.«

»Tu das nicht!«

»Warum nicht?«

»Weil man mit Lars nicht reden kann.«

»Warum ist er dann wieder zu dir zurückgekommen?«

»Ich weiß es nicht. Ich weiß überhaupt nichts mehr.«

»Nun beruhige dich doch erst einmal!«

»Ich kann mich nicht beruhigen, denn ich komme

über Nils Tod nicht hinweg.«

»Du mußt Nils vergessen, Silke!«

»Das kann ich nicht.«

»Doch, du kannst. Glaube an dich und an deine innere Kraft, nur so schaffst du es, dich von deinen Schuldgefühlen zu befreien!« Karl Ontje redet sich so in Rage, daß er Lars nicht hört, der gerade das Zimmer betritt.

»Was willst du, Karl Ontje?« Lars nimmt eine drohende Haltung ein.

»Mit dir wollte ich sowieso noch reden!«, antwortet Karl Ontje ruhig.

»Mit mir? Wüßte nicht, was wir beide miteinander zu reden hätten.«

»Oh doch, du weißt, was ich von dir will.«

»Nun mach mal halblang, Ontje. Wenn mir danach zumute wäre, ausgerechnet mit dir zu reden, dann hätte ich es schon längst getan. So und nun hinaus mit dir!«

»Nein Lars, du darfst Karl Ontje nicht die Tür weisen!«, fleht Silke ihn an.

»Was ich darf oder nicht darf, weiß ich alleine. Laß uns mal einen Moment alleine, Silke!« Silke gehorcht und geht bangen Herzens hinaus.

»So, nun zu dir, Karl Ontje. Sag einmal, was erlaubst du dir eigentlich?«

Unerschrocken erwidert Karl: »Siehst du denn nicht, daß Silke leidet?«

»Was geht es dich an, ob Silke leidet oder nicht?«

»Oh doch, es geht uns alle etwas an, denn Silke ist

eine von uns, Fremder.«

»Nun reicht es mir aber. Hinaus mit dir!« Als Karl sich weigert, der Aufforderung Folge zu leisten, packt Lars ihn am Jackett und schiebt ihn brutal zur Tür hinaus. Krachend schlägt sie hinter Karl Ontje zu. »Was bildet dieser Kerl sich denn ein. ---Silke!« brüllt er, daß es durch das ganze Haus schallt. Als er keine Antwort erhält, geht er sie suchen.

»Silke!«

»Hier also hast du dich versteckt!«

»Warum sollte ich mich denn verstecken?«

»Hast du dazu nicht allen Grund?«

»Wieso? Karl hat mich um Verzeihung gebeten.«

»So, er hat dich also um Verzeihung gebeten, der feine Karl?«

»Ja, das hat er.«

»Zum Teufel mit diesen Ontje.« Lars Augenbrauen ziehen sich gefährlich zusammen.

Silke, die sich bis jetzt tapfer geschlagen hat, bekommt beim Anblick ihres brutalen Mannes Angst.

»Bitte, Lars, versteh doch, Karl wollte mich wirklich nur um Verzeihung bitten.«

»Schietkrom ist dat all. Erst mit den Wölfen heulen und dann klein beigeben. Nee Deern, diese Entschuldigung nehme ich nicht an.«

»Er hat sich nicht bei dir, sondern bei mir entschuldigt!«

»Ja, ja, küsse doch diesem großherzigen Samariter die Füße! Damit wir beide uns ein für alle Mal verstehen: Ich will diesen Ontje und auch sonst niemanden von dieser Bande da draußen hier in meinem Haus sehen! Geht das in deinen Schädel rein, Silke Petersen?«

»Ich denke gar nicht daran, mir von dir Befehle geben zu lassen. Und dein Haus ist es schon gar nicht. Was ich zu tun und zu lassen habe, weiß ich alleine.«

»Was nimmst du dir da heraus?« Silke sieht Lars auf sich zukommen und bleibt mutig stehen.

»Schlag nur zu!«, fordert sie ihn auf. Lars läßt seine erhobene Hand wieder sinken und fährt sie grob an: »Jie künnt mi all tosom mol fix!«

35

Silke steht am Fenster und schaut in den stürmischen Tag hinaus.

Eine große Schar Sturmmöwen kommt über das Haus hinweggeflogen. ›Ob es den Vögeln zu stürmisch ist auf hoher See? Der Rundfunk hat heute Morgen orkanartige Sturmböen angekündigt.‹ Sie will sich wieder ihren Arbeiten zuwenden, als sie eine männliche Gestalt erblickt.

»Das ist doch Karl Ontje. Was der wohl will?« Schnell wirft sie sich eine Jacke über und läuft Karl entgegen. Vorsichtig vergewissert sie sich, ob Lars nicht in der Nähe ist. Sie hat Glück. Lars ist nicht zu sehen.

Karl Ontje ist sichtlich erleichtert, als er Silke aus dem Haus kommen sieht. »Silke, ein Unglück!«, ruft er aufgeregt.

»Was ist geschehen, Karl?«

»Deiner Mutter geht es nicht gut.«

»Was ist mit meiner Mutter?«

»Sie hat heute Morgen einen schweren Herzanfall bekommen.«

»Mein Gott, das ist ja furchtbar!«

»Ja Silke, es sieht böse aus.«

»Ist Mutter zuhause?«

»Ja Silke, sie braucht absolute Ruhe. Niemand darf zu ihr, nur dein Vater wacht bei ihr.«

Sie beginnt zu weinen. Unaufhörlich laufen Tränen über ihr schmales Gesicht.

»Ich halte dich auf dem Laufenden, Silke.«

Karl ist heilfroh, daß er den Fremden nicht zu Gesicht bekommen hat. Schnell geht er den Weg wieder zurück, den er gekommen ist. Karl tut das arme Mädel leid, dem das Leben bislang so übel mitgespielt hat. Als Silke ins Haus zurückkehrt, sieht sie Lars am Fenster stehen.

»Was wollte der denn schon wieder hier?« Silkes rotgeweinte Augen übersieht er absichtlich.

Im Augenblick ist Silke gewillt, Lars von der plötzlichen Erkrankung der Mutter zu berichten. Doch als sie seinen alkoholisierten Atem riecht, weicht sie ihm aus.

»Ja weiche mir nur aus, so wie es alle tun, warum nicht auch du?«, spottet er.

»Bitte, Lars, überdenke, was du sagst!«

»Warum sollte ich dir den Gefallen tun? Benimmt sich

so eine Ehefrau?«

»Wie benimmt sich denn eine Ehefrau?« Herausfordernd sieht sie ihn an. Lars wird unruhig, denn so selbstbewußt hat Silke noch nie mit ihm gesprochen. Doch nicht lange hält seine Unsicherheit an, schon poltert er los: »De Düwel soll euch allesamt holen!«

»Schrei nur, solange du schreien willst. Du erschreckst mich nicht mehr!«

»Weibervolk, man sollte euch alle --!«

»So sehr haßt du die Frauen?«

»Ach scher dich zum Teufel!«

»Danke! Doch bevor du mich zum Teufel schickst, beantwortest du mir noch einige Fragen, Lars!«

»Fragen? Was willst du wissen?«

»Wo hast du die ganze Zeit über gesteckt?«

Lars, dessen Zunge vom Alkohol gelockert ist, erzählt, was er Silke niemals erzählen wollte.

Silke hört mit offenem Mund zu. Als er geendet hat, ist es mit ihrer Beherrschung vorbei. »Du hast Thea abermals enttäuscht, nur weil du einem neuen Rockzipfel hinterhergelaufen bist?«

»Was weißt du denn? Thea hatte sich in der letzten Zeit sehr verändert, mußt du wissen.«

»So und deswegen hast du dir diese Gabi angelacht? Was bist du nur für ein Mensch. Wenn du einer Frau überdrüssig bist, dann wirfst du sie weg und jagst gleich der Nächsten hinterher.«

»Das ist nicht wahr. Sieh doch, ich bin auch wieder zu dir zurückgekehrt!«

»Ja, weil du nicht mehr ein noch aus wußtest. Deswegen bist du wieder zu mir zurückgekehrt!«

Lars weiß, daß er einen ganzen Schritt zu weit gegangen ist und umschmeichelnd Silke nun mit lieben Worten.

»Laß endlich gut sein, Deern. Sag, wollen wir die Vergangenheit nicht endlich hinter uns lassen und ein völlig neues Leben beginnen, wir zwei?«

»Wenn dir das wirklich ernst ist, dann handele auch danach, ansonsten verläßt du die Hallig, und zwar für immer!«

»Handeln! Was meinst du mit handeln?«

»Wenn wir ein neues Leben beginnen wollen, dann bringe mir erst unser Kind wieder nach Rüge zurück!«

»So sehr liebst du Verena?«

»Ja, ich liebe Verena über alles auf der Welt!«

»Nun gut, ich verspreche dir, daß ich mich bemühen werde, alles wieder gut zu machen. Und ich werde Verena nach Hause holen!«

Silke spürt, wie ihr die Knie weich werden. Aller Groll, den sie gerade noch gegen ihn hegte, ist verflogen und räumt einer neu beginnenden Liebe den Platz.

36

Als Lars in Flensburg ankommt, mietet er sich in eine Pension ein. »Ich werde Verena finden, und wenn es mich meinen eigenen Kopf kosten soll«, schwört er sich.

Langsam bummelt er durch die Altstadt. Jedes Nachtlokal sucht er auf. Erschöpft will er aufgeben, als sein Blick auf ein Plakat fällt. »Das ist ja Verena!« Lars weiß nicht, ob er weinen oder lachen soll, als ihm seine attraktive Tochter, nur mit einem knappen Bikini bekleidet, vom Poster zulächelt. »So sieht sie jetzt aus? Unglaublich, wie sich das Mädchen herausgeputzt hat. In ihr pulsiert mein wildes Blut. Wenn Mark sie in dieser Aufmachung sehen würde.«

Verena, so erzählen sich die Leute von Rüge, hat Mark nie vergessen können und sah als letzten Ausweg ihre Flucht nach Flensburg, um mit sich wieder ins Reine zu kommen. Und Mark? Mark hat seinen alten Beruf an den Nagel gehangen und sich zum katholischen Priester ausbilden lassen.

Als Lars von Marks Priesteramt erfuhr, da wußte er, was er immer geahnt hatte. Auch Mark war mit seiner Liebe zu Verena nicht fertig geworden und hatte, um zu vergessen, das Gelübde zum Priester abgelegt.

›Mein Gott, was habe ich nur getan! Ich habe beide Kinder unglücklich gemacht.‹ Lars erinnert sich an seine gutgemeinten Worte, die er Mark einst ans Herz gelegt hatte. »Hör gut zu, mein Junge«, hatte er zu Mark gesagt, »erst, wenn du Verena wie eine Schwester liebst, wirst du deinen Seelenfrieden wiederfinden.« Er sieht noch Marks traurige Augen auf sich gerichtet in dem Bewußtsein, daß Mark Verena nie wie eine Schwester lieben wird. ›Warum, zerstöre ich alles, was ich liebe?‹

»He Alter! Vergaff dich nicht in die Kleine, die ist viel

zu jung für dich!« hört er einen jungen Mann plötzlich sagen. »Flottes Ding, wie?« grinst der Junge herausfordernd.

Lars hätte diesen unverschämten Flegel am liebsten eine reingehauen. ›Was bildet sich dieser Lümmel ein?‹

»Was ist? Wenn du einen ausgibst, zeige ich dir, wo du sie dir in natura bewundern kannst, Kumpel!«

»Nenne mich nicht Kumpel!«

»Na, was ist, kommst du mit?«, fordert der Junge ihn auf.

»Meinetwegen!«, brummt Lars und folgt ihm.

»Na, hab ich dir zu viel versprochen? Sag selbst, ist sie nicht Klasse?« grinst der schlaksige Junge genießerisch.

»Ja, das ist sie!«, sagt Lars mehr zu sich selbst und hätte sich beinahe an dem Whisky verschluckt, als er seine Tochter, nur mit einem goldenen Bikini bekleidet, erblickt.

»Da soll ihr wohl die Männerwelt jeden Abend zu Füßen liegen. Donner und Doria noch mal!«

»Gefällt dir, die Puppe, wie?«

»Halt die Klappe, Mann!« platzt Lars nun der Kragen.

»He, was ist in dich gefahren?« Der Junge wird unsicher, denn die Gäste werden nun auf die beiden aufmerksam.

Auch der Barbesitzer Ulf Fehring schaut zu den beiden hinüber »Kümmere dich mal um die beiden dort drüben am Tisch, Lily!« befiehlt der schmächtige Mann und zeigt auf Lars.

Lily tanzt sich durch die Tischreihen hindurch, bis sie

an dem Tisch der beiden angelangt ist. Erst im letzten Moment erkennt sie ihren Vater. Unfähig, auch nur einen Schritt weiterzutanzen, dreht sie sich abrupt um und läuft erregt davon. Die Gäste verstummen.

»Was fällt der blöden Gans ein!« Ulf Fehring ringt nach Luft.

Lars drängt sich zum Barbesitzer durch. Drohend steht er vor dem Mann, der gerade so häßlich über Verena gesprochen hat. Noch ehe Fehring bewußt wird, was der Fremde von ihm will, packt Lars ihn am Revers und zieht ihn hoch. Die Gäste sind irritiert: »Was hat das alles zu bedeuten, wer ist dieser Mann? Was will er von Fehring?«

»Du bringst mich sofort zu meiner Tochter, sonst ---«, droht Lars dem völlig überrumpelten Barbesitzer.

»Wer sind Sie?« bringt Ulf Fehring nach Luft ringend hervor.

»Das habe ich doch gerade gesagt, oder bist du taub?« Unsanft läßt Lars den schmächtigen Barbesitzer zu Boden fallen.

»Regen Sie sich nicht so auf«, versucht Fehring den schnaubenden Lars zu beruhigen.

»Ich rege mich solange auf, bis du mich zu meiner Tochter bringst, du miese Ratte! Erst die Mädchen gefügig machen, die hier allabendlich ihre nackte Haut zu Markte tragen und sie dann ausnutzen! Und wofür das alles? Nur um eure sexuelle Lust zu befriedigen, oder liege ich da falsch, du Witzfigur von einem Mann? Geht nach Hause und ergötzt euch an eure eigenen Weibern, anstatt an diesem unschuldigen Mädchen hier!« Lars hat wieder einmal die Kontrolle über sich verloren. Die Barbesucher sind dermaßen erschreckt, daß viele fluchtartig das Lokal verlassen.

»Polizei! Schnell, jemand muß die Polizei rufen!« Ulf Fehring ist außer sich.

»Wenn hier jemand die Polizei ruft, dann bin ich es, du armselige Kreatur!« Erneut packt Lars den verängstigten Barbesitzer am Kragen. »Du bringst mich sofort zu meiner Tochter, sonst ---!«

»Schon gut Mann, beruhigen Sie sich.« Ulf Fehring ist sichtlich erschöpft. »Doch das eine sage ich ihnen! Niemand hat ihre Tochter gezwungen. Sie kam freiwillig und ganz ohne Zwang.«

»Was bist du für ein mieser Typ! Glaubst du, ich weiß nicht, daß du den Mädchen allabendlich Drogen verabreichst, bevor sie vor deinem geilen Publikum auftreten?« Fehring schnappt abermals nach Luft.

»Wohl zu dünn die Luft für dich, wie?«, fährt Lars den völlig entnervten Fehring an.

»Ich zeige ihnen, wo Sie Lily finden werden.«

»Sie heißt nicht Lily, sie heißt Verena, du Quatschkopf. Sag mal, geht das nicht in deine Birne rein?«

»Meinetwegen, nennen Sie sie Verena!« muß sich Fehring nun endgültig geschlagen geben.

37

Lars folgt Ulf Fehring durch einen dunklen Flur. Vor einer lederbezogenen Tür bleiben sie stehen. »Hier finden Sie ihre Tochter!« Leise verschwindet er. Lars klopft an die Tür.

»Laß mich in Ruhe und verschwinde! Ich will dich nie mehr wiedersehen!« hört er Verenas Stimme.

Er drückt die Türklinke nieder, doch die Tür ist von innen verriegelt. »Verena, ich muß mit dir reden!«, bittet er.

»Ich will aber nicht mit dir reden!« faucht sie.

Als Lars spürt, daß alles Bitten und Flehen nichts hilft, tritt er ohne lange zu zögern die Tür ein. Verena ist zu Tode erschrocken, als ihr der brutale Vater plötzlich gegenübersteht.

»Was willst du von mir?« Ihre Stimme zittert. Sie kennt ihren unberechenbaren Vater und weiß, daß er vor nichts zurückschreckt, um sein Ziel zu erreichen.

»Du kommst sofort mit mir nach Hause!«

»Nein, ich bleibe!«

»Du packst sofort deine Sachen und kehrst mit mir zu deiner Mutter zurück!«

»Nein!« versucht sie ihm erneut Widerstand entgegenzubringen.

»Du tust was ich dir sage, und wenn du nicht freiwillig mit mir kommst, dann muß ich eben Gewalt anwenden!«

»Und wie soll das geschehen?« Verena nimmt noch

einmal ihren ganzen Mut zusammen.

»Ganz einfach!«, erwidert Lars und zieht sie gewaltsam mit sich fort.

Verena versucht, seinem brutalen Griff zu entkommen.

»Es ist mir egal, ob du willst oder nicht, was ich gesagt habe, gilt! Du kommst sofort mit mir nach Hause zurück!«

»Ja«, lenkt sie widerwillig ein.

»Na also, warum nicht gleich so. Gibt es einen Hinterausgang?«

»Von wegen Hinterausgang! Du läßt Lily sofort los, sonst schieße ich dir eine Kugel durch den Balg!« bedroht Ulf Fehring den überrumpelten Lars.

»Ulf bitte!«, bettelt Verena.

»Ulf! So ist das also. Du hast doch nicht etwa ein Techtelmechtel mit dem da?«

»Wir lieben uns!«

»Lieben? Daß ich nicht lache!«

»Woher willst du wissen, welche Gefühle ich für Ulf hege.«

»Weil ich weiß, daß meine Tochter nie und nimmer so ein lächerliches Bild von einem Mann lieben kann, darum!«

»Wenn du dich da man nicht täuschst, Vater.«

»Sagtest du gerade Vater, Lily? Ist dieser brutale Mensch wirklich dein Vater?«

»Nenne sie nicht immer Lily! Wie oft soll ich dir noch sagen, daß sie Verena heißt!«

»Verschwinden Sie, aber schnell!«, fordert Fehring Lars auf. Unsanft drückt Fehring ihm die Pistole gegen die Hüfte.

»Schieß doch, du jämmerlicher Feigling!«, fordert Lars ihn auf. Ehe Fehring reagieren kann, schlägt Lars ihm die Pistole aus der Hand, aus deren Lauf sich nun ein Schuß löst. Fehring schreit auf, greift zur Wade am rechten Bein und windet sich vor Schmerzen.

»Nichts wie weg hier!«, ruft Lars seiner weinenden Tochter zu. Durch einen Nebeneingang gelangen sie ins Freie. Lars schaut sich um, doch niemand ist ihnen gefolgt. Er hat Mühe, die widerspenstige Verena durch die menschenleeren Straßen Flensburgs zu zerren, denn immer noch gebärdet sie sich wie eine Wilde. Endlich erreichen sie die Pension, in der sich Lars einquartiert hat.

»Hör auf zu weinen!«

»Du hast ihn umgebracht!«

»Quatsch, du hast doch selbst gesehen, daß sich der Schuß von alleine gelöst hat!« Verena will sich nicht beruhigen.

»Sag einmal, du liebst diesen Menschen doch nicht wirklich?«

»Bitte Vater, laß mich wieder zu ihm gehen, bitte!«

»Ich denke gar nicht daran. Ich habe deiner Mutter versprochen, dich nach Rüge zurückzubringen und was ich einmal versprochen habe, das halte ich auch, verstehst du das?«

»Was versprecht ihr euch davon?«

»Viel, denn deine Mutter ist sehr krank!«

»Mama ist krank? Was fehlt ihr?«

»Ihre Seele ist krank. Und du trägst deinen Teil dazu bei, daß sie so krank ist.«

»Und wie ist es mit dir? Trägst du nicht die größte Schuld an Mutters Erkrankung? Hat nicht dein schlechter Lebenswandel in erster Linie dazu beigetragen, daß Mama krank geworden ist?

Übrigens, seit wann lebst du wieder mit Mama zusammen? Warum hast du uns beide damals alleine gelassen?«

»Anklagende Worte aus dem Munde meiner eigenen Tochter«, erwidert Lars gekränkt.

»Ja, ziehe dir nur selbst den Schuh an. Wäre Mark nicht mein Halbbruder, dann wäre mein Leben anders verlaufen!«

»Ja, ja, ich schäme mich und bereue zutiefst, daß alles so gekommen ist. Nur für deinen Halbbruder Mark kann ich nichts, ---ach nein, ich wollte sagen, daß ich nichts dafür kann, daß ihr euch getroffen habt. Das mußt du mir glauben, Verena!«

»Aber daß er da ist und wir nichts davon wußten, dafür kannst du wohl etwas!«

»Es tut mir leid, Verena.«

»Du bereust, Vater?«

»Ja, ich bereue, was ich bisher in meinem Leben getan habe. Glaube mir! Würde mir jemand die Chance geben, mein Leben noch einmal zu leben, ich würde alles ganz anders machen, das ist die reine Wahrheit!«

Mißtrauisch schaut Verena den Vater an, denn sie weiß nicht so recht, wie sie sich entscheiden soll. Soll sie wieder zurück nach Rüge gehen, wo sie ihre Kinder- und Jugendjahre bis zu jenem Tag so glücklich verlebt hatte, bevor sie Mark traf und das Unglück seinen Lauf nahm?

›Nein‹, denkt sie, ›ich will nicht mehr zurück, ich will nicht mehr an meine Vergangenheit erinnert werden. Was soll ich tun? Hierbleiben könnte ich, denn schon morgen wird man nach mir suchen.‹

Lars ahnt, welche Kämpfe sich in Verena abspielen. »Ist es so schwer, sich zu entscheiden, Verena? Glaub mir, schon morgen werde ich ein Schiff auftreiben, das uns beide nach Rüge bringt.«

»Meinetwegen!« willigt sie schließlich ein, denn sie weiß, daß sie den Kampf gegen sich selbst gewonnen hat. Auf einem Sofa verbringt sie eine schlaflose Nacht. Immer wieder zieht ihr bisheriges Leben an ihr vorbei.

›Wie mag es Mark ergehen? Ob er verheiratet ist und vielleicht schon eigene Kinder hat? Mark hat mich bestimmt schon vergessen.‹ Liebend gerne würde sie den Vater fragen, wie es Mark geht, doch ihr Stolz verbietet es ihr. Verena fühlt sich plötzlich so grenzenlos alleine. Müde und zerschlagen folgt sie schon am nächsten Morgen ihrem Vater zum Bahnhof.

Sie haben Glück und fahren zwei Stunden später mit einem Zug nach Niebüll und dann mit dem Postbus weiter nach Dagebüll. Am Hafen finden sie einen Bootsbesitzer, der sich bereit erklärt, sie nach Rüge zu bringen.

»Heute nicht! Wir haben ablaufendes Wasser, dunkel ist's auch schon und ich war den ganzen Tag unterwegs. Nee, heute nicht! Aber sehen sie dort hinten das Licht? Dort ist eine Pension, dort können Sie übernachten. Und bestellen Sie bitte einen schönen Gruß von Hajo Heiken!«

Schweigend verläuft am nächsten Tag die Fahrt mit dem Kutter. Vera hat sich in die kleine Kajüte zurückgezogen. Die vielen Stunden mit ihrem Vater auf engstem Raum zusammenzusitzen, ist ihr zuwider.

Erst als Verena in den Armen ihrer Mutter liegt, ist der Bann gebrochen, der sich wie ein erdrückender Ring um ihre Brust gelegt hatte.

»Kind, daß ich dich noch einmal wiedersehen darf!« Schluchzend liegen sich die beiden Frauen in den Armen. Als wolle Silke die Tochter nie mehr loslassen. Wieder und wieder streicht sie über Verenas brauen Lockenkopf. Als Lars die beiden Frauen so herzzerreißend weinen sieht, hätte auch er am liebsten mitgeheult.

»Nur nicht weich werden, Petersen!«, ruft er sich selbst zur Ordnung.

Silke beobachtet Lars aufmerksam. »Irgendwie benimmt er sich recht eigenartig.«

»Fehlt dir etwas, Lars?« Silke ist besorgt.

»Was soll mir denn fehlen?«

Silke läßt sich nicht täuschen, denn sie kennt ihn genau und weiß, daß er ihr nicht die Wahrheit sagt. »Bitte Lars, ich spüre doch, daß dir etwas fehlt!«

»Kümmere dich um deine Tochter und laß mich in Frieden!« weicht er ihrer Frage aus. Er geht aus dem

Haus. Silke hat ein ungutes Gefühl.

»Bitte Verena, ich muß nach Vater schauen. Du verstehst?«

»Gehe nur, Mama!«

Verena schaut sich neugierig um. ›Alles ist noch so wie früher, nichts hat sich in der Zeit meiner Abwesenheit verändert.‹ Sie geht ans Fenster und schaut auf die stürmische See hinaus. Ein nie gekanntes Gefühl ergreift sie. Nirgendwo fühlt sie sich mehr in die Kindheit zurückversetzt, als gerade hier. ›Es gibt keinen Übergang von heute auf morgen und doch bin ich ein anderer Mensch geworden.‹ denkt sie über das Leben nach.

Plötzlich holt ein markdurchdringender Schrei sie in die Gegenwart zurück. Sie horcht, woher der Schrei kommt. Noch einmal hört sie ihn und will in die Richtung laufen, woher sie ihn vernommen hat. Ihre Beine versagen ihr den Dienst. ›Was ist nur los mit mir?‹ Schwer stützt sie sich gegen den Tisch.

»Verena, bitte schnell!«, hört sie die Mutter rufen.

»Mama, bitte helfe mir!« Verena weint hemmungslos, denn ihre Beine versagen ihr nun endgültig den Dienst.

Erst als die Tür aufgeht und Silke mit wirrem Gesichtsausdruck in der Tür steht, beginnen Verenas Beine wieder zu funktionieren.

»Verena, schnell, helfe mir, Vater ins Haus zu tragen!« Silke ist wie von Sinnen.

»Was ist denn passiert?«

»Ich weiß es nicht!«

»Laß mich mal nach Vater schauen!« Tief beugt sich Verena über den regungslos, am Boden liegenden Vater.

»Vater, hörst du mich?« Lars antwortet nicht. Verena fühlt seinen Puls und erschrickt. »Ich glaube Vater ist tot.«

»Nein, Lars, bitte laß mich nicht alleine!«

»Bitte Mama, beherrsche dich! Du kannst Vater nicht mehr helfen!«

38

Lars Tod löst keine Trauer unter den Halligbewohnern aus. Nur um seines Kindes willen steht Vater Tade nun verschämt vor Silke und bittet sie um Verzeihung. Es ist, als schaue Silke durch den Vater hindurch. Seine Worte erreichen sie nicht.

Der Vater erschrickt, als er auf seine teilnahmslose Tochter schaut, in deren Gesicht sich kein Muskel regt. Als Tade dann von Mutters bedenklichem Gesundheitszustand erzählt, reagiert Silke ebenfalls nicht. Geistesabwesend schaut sie an ihm vorbei.

Verena, die ebenso geschockt ist wie Opa Tade, flüstert der Mutter leise zu: »Mama, bitte, komm' zu dir!«

Auch Verena muß resignieren. Silke reagiert nicht.

›Ist mit Vaters Ableben auch etwas in Mama gestorben? Nein! Lieber Gott hilf ihr!‹

Gefühle, die Verena bisher fremd waren, bekommen nun Bedeutung. Sie fühlt sich irgendwie mitschuldig und weiß nicht einmal warum. Hinzu kommt nun noch die

Starrsinnigkeit der Halligbewohner. Allen voran Pfarrer Uwe Klein. Er verweigert Lars den letzten Ruheplatz auf dem kleinen Halligfriedhof. Lars ist für ihn immer ein Fremder geblieben. Selbst Verena kann den Pastor nicht umstimmen, ihrem Vater die letzte Ruhestätte zu gewähren.

»Dein Vater ist in Hamburg geboren und dort gehört er auch hin!«, hatte der Pfarrer ihr kurz und bündig erklärt.

»Ist das ihr Ernst, Herr Pfarrer? Sie wollen meinem Vater die letzte Ruhestätte verweigern?« Uwe Klein erwidert nichts und läßt Verena einfach stehen.

Verena ist am Ende ihrer Kraft. Was soll sie tun. Der Leichnam ihres Vaters kann unmöglich noch länger im Elternhaus aufbewahrt werden. Die Mutter kann sie nicht um Hilfe bitten, denn die lebt nun in ihrer eigenen Welt. Auch Opa Tade hatte auf Verenas Wunsch den Pfarrer nicht überzeugen können. Verena ist am Ende ihrer Kraft. Alles, was sie in Angriff nimmt, scheitert letztendlich an der Sturheit des Pfarrers.

Sie wird plötzlich an Mark erinnert. ›Mark muß mir helfen! Schließlich ist es ja auch sein Vater!‹ Überhastet kramt sie die Papiere ihres Vaters durch und wird fündig. Sie findet Marks Adresse.

Das Glück ist dieses Mal auf ihrer Seite.

Als sie aufsieht, sieht sie Briefträger Fred Paulsen kommen.

»Bitte, Herr Paulsen, Sie müssen sofort einen Eilbrief für mich mitnehmen!«, bittet sie den freundlichen

Briefträger.

»Ich hab schon von eurem Unglück gehört, schlimme Sache!«

»Danke, Herr Paulsen!«

»Schon gut Mädel. Ich werde mich um alles Weitere kümmern!«

Paulsen hatte Worte gehalten, denn schon zwei Tage später erhält Verena Antwort von Mark.

39

Daß Mark so schnell Rüge erreicht, verdankt er einem glücklichen Zufall. Als er seine Sorgen dem Kapitän eines Versorgers mitteilt, hatte der ihn sofort mit an Bord genommen und ist extra seinetwegen den Umweg nach Rüge gefahren. Zitternd und händeringend steht er nun vor Verena. Diese starrt ihn an, als könne sie nicht glauben, wen sie vor sich sieht.

»Du bist Priester geworden?«, stottert sie fassungslos.

»Ja Verena, das Leben geht mit uns manchmal seltsame Wege.«

»Aber warum?«

»Bitte frag mich nicht!« Verena spürt seinen hastigen Atem.

Ohne sich über ihr Handeln bewußt zu sein, wirft sie sich an seine Brust.

›Warum küßt er mich nicht, so wie er mich damals geküßt hat?‹ denkt sie erregt. Mark reagiert nicht auf ihren Gefühlsausbruch. Sanft, doch bestimmt, schiebt er sie von sich.

»Verzeih, daß meine Gefühle stärker waren«, sagt sie. Mark wendet sich leicht von ihr ab, so daß Verena keine Möglichkeit hat, in sein Gesicht zu sehen.

»Hat dich Vaters Tod so sehr erschreckt?«, hört sie ihn wie aus weiter Ferne fragen.

Erst nach geraumer Zeit antwortet sie: »Alles hat mich erschreckt Mark. Auch daß du Priester geworden bist wohl noch mehr als alles Andere!«

»Enttäuscht, kleine Schwester?«

»Warum spielt uns das Leben so übel mit?«

»Schau Verena! Ich weiß nicht, ob du mich je verstehen wirst. Hör zu, was ich dir nun zu sagen habe: Ich sehe mein heutiges Leben als eine große Herausforderung für mich an. Und das Schönste an allem ist, ich nehme die Herausforderung an, die das Leben an mich stellt.«

»Es schmerzt mich sehr, daß du nicht so denkst und fühlst wie ich.«

»Ich kann nicht so denken und fühlen wie du. Ich bin ein anderer Mensch, Mark.«

»Doch Verena. Auch du kannst die Herausforderung annehmen, die das Leben an dich stellt. Werde dir selbst dein bester Freund. Nur dann wirst du lernen, dir selbst zu vertrauen. Erst, wenn du dir selbst vertraust, wirst du mich eines Tages verstehen, warum ich so handeln mußte und Priester geworden bin!«

»Nein Mark, hier irrst du! Ich liebe dich heute mehr

denn je. Eine Zeit lang habe ich geglaubt, dich vergessen zu können, auch, indem ich mich dem süßen Leben hingab. Heute muß ich erkennen, daß das ein Selbstbetrug war und nichts mit der Realität zu tun hatte. Immer trage ich dein Bild in meinem Herzen und ich werde es in meinem Herzen tragen, solange auch nur ein Atemzug in mir steckt.«

Mark ist innerlich aufgewühlt. Das Liebesgeständnis Verenas irritiert ihn und läßt ihn zweifeln. ›Selbst wenn ich meinen Gefühlen nachgeben würde, dann mache ich mich nicht nur vor Gott strafbar, sondern auch vor mir selbst. In Verena und mir pocht das gleiche Blut. Nein und noch mal nein! Ich muß stark sein, schon unser beider Seelen wegen!‹

»Schau Verena«, beginnt er, »auch ich habe damals die ganze Welt angeklagt und nach dem Warum gefragt und auch ich bekam keine Antwort auf meine Fragen! Erst nach Jahren wußte ich, ich werde Priester. Seitdem ich die Priesterkleidung trage, bin ich ruhig und zufrieden geworden. Glaube mir, es gibt nichts Schöneres für mich, als Gott zu dienen!«

Ergriffen lauscht Verena Marks Worten. Kaum hörbar sagt sie: »Könnte ich doch auch eines Tages meinen Seelenfrieden finden.«

»Bist du so unglücklich?«

»Ich weiß nicht, ob ich glücklich oder unglücklich bin, Mark. Ich habe Vater sehr viel zu verdanken. Hätte er mich nicht nach Rüge zurückgeholt, wer weiß, was aus mir geworden wäre?«

»Arme Verena! Wir beide müssen unserem Vater verzeihen. Bist du dazu bereit?« Lange schaut Mark in Verenas bewegtes Gesicht.

Es kostet ihm eine ungeheure Überwindung, seine Gefühle für sie zurückzuhalten. ›Will Gott mich prüfen, oder wer treibt sonst ein grausames Spiel mit mir?‹

»Ja Mark, wir wollen Vater verzeihen!«

»Daß ausgerechnet ich es bin, der Vater beerdigen wird, hätte ich mir nie träumen lassen, kleine Schwester!«

»Du willst Vater beerdigen?«

»Ja, Verena, deswegen bin ich ja hier. Wird euer Pfarrer mir die Erlaubnis geben, Vater zu beerdigen?«

»Er muß dir die Erlaubnis geben, ob es ihm paßt oder nicht. Nur einen Haken hat die ganze Geschichte!«

»Und die wäre?« Mark sieht sie erstaunt an.

»Alle hier auf Rüge sind Protestanten!«

»Und? Ist es nicht völlig gleichgültig, welcher Konfession ein Mensch angehört?«

165

40

Pfarrer Uwe Klein ist nicht begeistert, als ihm sein katholischer Amtskollege unterbreitet, daß er den verstorbenen Vater bestatten wolle.

»Hier auf der Hallig sind alle protestantisch! Schon immer! Sie haben kein Recht hier. Überführen Sie ihn doch nach Hamburg, dort, wo er herkommt.«

»Protestantisch? Kein Recht? Überführen? Was ist eigentlich mit den Menschen, den Seeleuten, die auf See umgekommen sind und angeschwemmt am Ufer lagen? Konnten die Toten jemals identifiziert werden, die von ihnen oder anderen Geistlichen zu Grabe getragen wurden? Waren die wirklich alle protestantisch?«

»Nun, ja, vielleicht. Ach, ich weiß nicht. Ach was, Sie haben ja Recht. Wir dienen schließlich demselben Gott.«

»Gott dienen? Dienen Sie lieber den Menschen, Herr Kollege!«

»Er«, Mark zeigt mit dem Daumen gen Himmel, kann für sich selbst sorgen! Doch danke für ihre Erlaubnis.«

Nur Verena, Gesine, Karl und Opa Tade begleiten Lars auf seinem letzten Weg.

Als der Mark vor der kleinen Schar Menschen steht, die Lars das letzte Geleit geben, liest er aus dem Psalm 42. So spricht er: »Wie der Hirsch lechzt nach frischem Wasser, so schreit meine Seele, Gott, zu dir. Meine Seele dürstet nach Gott, nach dem lebendigen Gott. Wann werde ich dahinkommen, daß ich Gottes Angesicht schaue? Meine Tränen sind meine Speise Tag und Nacht, weil man zu mir sagt: Wo ist nun dein Gott? Daran will ich denken.

»Und richtet nicht über diejenigen, die schwach waren im Leben, sondern richtet lieber über euch, die ihr die Schwachen verurteilt. Denn auch das spricht der Herr: Nur wer an die Kraft glaubt, mit der ich in ihm bin, dem wird die Ewigkeit und das Himmelreich gehören, Amen!«

Die Worte, die der junge Priester Mark Willms am Grab des verstorbenen Vaters gesprochen hat, gehen Verena nicht aus dem Sinn. ›Ist Mark nicht der Stärkste von uns allen?‹ Als zum Schluß der Beisetzung die kleine Glocke der Kirche zu läuten beginnt, spürt Verena eine große Last von sich genommen.

Wenige Tage später erschüttert eine neue Nachricht, Rüge. Meike Gerdes ist, ohne je ihr Bewußtsein wiedererlangt zu haben, friedlich eingeschlafen.

Alle Einwohner nehmen an den Trauerfeierlichkeiten teil.

41

Silke, die seit Lars Tod eine Andere geworden ist, lebt nun in ihrer eigenen Welt. Teilnahmslos lebt sie in den Tag. Die täglichen Spaziergänge zum Halligufer ändern nichts an ihrem Verhalten. An manchen Tagen gewinnt man den Eindruck, daß sie völlig normal ist, an anderen läuft sie verstört und hilflos durch den Tag.

Verena macht sich große Sorgen. Insgeheim gibt sie

sich selbst die Schuld am seelischen Zustand ihrer Mutter.

›Wäre ich doch nur damals nicht nach Flensburg gegangen!‹ grübelt sie über sich und die schwermütige Mutter nach.

Silke hört die stummen Rufe der Tochter nicht. Sie sieht Tag für Tag auf das endlos, weite Meer hinaus. Bei gutem Wetter sitzt sie auf den Steinen einer Schutzmauer und läßt die Augen über das weite Meer gleiten, so, als suche sie etwas. Hier, in der Nähe des Wassers, fühlt sie sich geborgen und aufgehoben.

Verena sieht es mit gemischten Gefühlen, wenn sie die Mutter so selbstvergessen am Halligufer erblickt. Die wenigen Male, wo sie einen direkten Zugang zur Mutter spürt, begleitet sie diese zum Ufer.

»Ist die See heute ruhig!«, beginnt Silke mit der Tochter ein Gespräch.

»Ja, heute ist die See besonders ruhig!«, erwidert Verena leise, immer mit einem besorgten Blick auf die Mutter.

Silke fängt plötzlich an, aus ihrer Kindheit zu erzählen: »Als ich ein Kind war, da sah es hier noch ganz anders aus als heute.«

»Wie sah es denn damals aus, Mama?«

»Damals war die See viel stürmischer und rauher als heute. Bedenke nur die vielen Sturmfluten, die Rüge oft heimgesucht haben.«

»Hast du denn selbst eine Sturmflut miterlebt?«

»Nein, ich habe noch keine Sturmflut erlebt, doch

meine Großeltern und deren Eltern haben Böses überstehen müssen.«

»Mama, wir haben aber doch auch etliche Sturmfluten erlebt«, seufzt Verena.

»Nein, ich habe keine erlebt!«

»Bitte erzähle mir von Oma und Opa. Kannst du dich denn noch an sie erinnern?«

»Aber ja. Ich glaube, ich war damals zehn Jahre alt, als meine Großeltern kurz nacheinander starben. Ich erinnere mich noch genau an die Worte meiner Großmutter Hanne. »Mädel«, so pflegte Oma Hanne immer zu sagen, »Mädel, das Leben hier auf unserer Hallig ist schwer und entbehrungsreich und nur die stärksten Charaktere sind für ein Leben hier geschaffen.« Sie lachte, wenn sie mir wieder und wieder von ihrer Liebe zu Opa erzählte.«

»Ist Opa denn auch auf Rüge geboren?«

Ja. Opa war Omas große Liebe mußt du wissen. Schon mit 13 Jahren hatte sich Oma in ihren Jan verliebt.«

»Und wie alt war Opa Jan?«

»Opa Jan war mal gerade ein Jahr älter als Oma. Erst,» so erzählte Oma,«» wollte Opa nichts von Oma wissen. Doch Oma hatte nicht locker gelassen und am Ende hatte Opa eingewilligt und sie dann doch geheiratet.«

»War Opa denn überhaupt verliebt gewesen in Oma?«

»Oh ja! Erst viele Jahre später hat es auch bei Opa gefunkt. Die beiden hatten sich auf einer Hochzeitsfeier hier auf Rüge ineinander verliebt. Oma war selig, denn sie hatte den Mann ihres Herzens bekommen.«

»Waren es die Eltern von deiner Mutter oder von deinem Vater?«

»Es waren die Eltern meiner Mutter.«

»Hast du auch die Eltern deines Vaters gekannt?«

»An die Eltern meines Vaters kann ich mich nicht erinnern, denn sie waren schon lange tot, bevor ich geboren wurde!«

»Hast du mir nicht einmal erzählt, daß auch meine Oma in meinem Opa bis über beide Ohren verliebt gewesen ist?«

»Ja, auch meine Mutter war unsterblich in meinem Vater verliebt. Und der Dummkopf hatte es nicht einmal bemerkt. Erst als seine Eltern starben, wurde er auf Mutter aufmerksam.«

»Die Liebe geht schon oft recht seltsame Wege.«

»Und wie ist es mit dir? Warst du noch niemals verliebt, Verena?«

»Warum fragst du mich das?«

»Weil du ein hübsches Mädchen bist. Alle hübschen jungen Mädchen verlieben sich irgendwann.«

»Ich habe noch nicht den richtigen Mann gefunden, Mama!«

»War da nicht mal ein fremder, junger Mann in einem Sommer hier auf der Hallig?«

»Mark. Mark ist Priester geworden. Weißt du das denn nicht?«

»Nein!«

»Aber Mama, du weißt es doch!«

»Ich? Was soll ich wissen? Nichts weiß ich, gar nichts! Hörst du?«

Verena bekommt einen gehörigen Schrecken, als sie in die glasigen Augen der Mutter schaut. Von einer Sekunde auf die andere ist sie wie ausgewechselt. Als wäre sie eine ganz andere Frau. »Soll ich dich nach Hause bringen, Mama?«, fragt sie teilnahmsvoll.

»Nein! ---Verschwinde!« fährt Silke Verena schroff an. Ohne ihr einen weiteren Blick zu gönnen, hastet sie erregt nach Hause. Verena hat Mühe der Mutter zu folgen. ›Gottlob, daß niemand unseren Weg kreuzt!‹ überlegt Verena.

Als sie die Mutter zu Bett gebracht hat, steht sie sinnend am Fenster. ›Was soll nur aus Mama werden? Wie lange noch kann ich mit ihr unter einem Dach leben?‹

Sie weiß, daß sie nun unermüdlich auf die Mutter aufpassen muß, deren seelischen Zustand sie sich nicht so recht erklären kann.

›Warum mußte das alles geschehen? Hat Vater die Mama auf dem Gewissen?‹

Wie gerne würde sie alles ungeschehen machen, wenn sie es gekonnt hätte. ›Und doch muß ich Vater danken. Danken, daß er mich aus der Hölle befreit hat, danken, daß er mich wieder in ein normales Leben zurückgeführt hat.‹ Doch zugleich verflucht sie ihn auch wieder, weil sie zwei Augen auf sich gerichtet sieht, die sie niemals mehr im Leben vergessen wird.

»Mark«, flüstert sie, »warum mußt du mein Bruder

sein? Warum? Wofür dient das alles? Warum bestrafst du mich, mein Gott, warum?«

Sie wird von einem heftigen Weinkrampf geschüttelt. Als sie sich allmählich wieder beruhigt, schaut sie nach der Mutter. Leise schleicht sie sich ins elterliche Schlafgemach. Nur ein leises Schnarchen der Mutter ist zu hören.

»Sie schläft.« Leise zieht sie die Tür wieder zu.

Es ist schon heller Morgen, als Verena aus einem unruhigen Traum erwacht. Halbtrunken schaut sie sich um.

Sie schaut zur Uhr und erschrickt. Gleich halb zehn. ›Ob Mama noch schläft?‹

Überhastet stürzt sie die Treppe hinunter. Als sie in die Küche kommt, schlägt ihr heißer Wasserdampf entgegen.

Sie eilt zum Herd und schaut auf den Ofen, auf dem ein ausgetrockneter Wasserkessel steht. Das Wasser ist schon lange verdampft. Schnell nimmt sie den Kessel vom Ofen.

»Mama?«

Sie eilt durch alle Zimmer des Hauses. Nichts! Nirgendwo kann sie die Mutter finden.

»Mama!!!«

›Ob sie vielleicht?‹ Nein, nur nicht weiter denken. Schnell bindet sie sich ein Kopftuch um den Kopf und läuft in Richtung Halligufer. Schon von weitem sieht sie ihre Mutter auf einem Stein sitzen. ›Was macht sie denn bei diesem schlechten Wetter hier draußen?‹ denkt sie erregt. Als sie auf die Mutter zugeht, sieht diese durch sie hindurch.

»Mama, was tust du hier?«

»Was willst du? Laß mich in Ruhe und schere dich um deinen eigenen Kram!«, fährt sie Verena grob an.

»Das werde ich nicht tun! Du kommst sofort mit mir nach Hause zurück!«

Als Silke das Wort zuhause hört, zuckt sie zusammen. Merkwürdig ruhig schaut sie der Tochter ins Gesicht. »Hast du gerade nach Hause gesagt?«

»Ja Mama!«

»Ja, ich komme gerne mit dir nach Hause! Ist dein Vater auch dort?«

»Vater ist doch tot!«

»Tot? Wieso ist er tot? Sag', daß das nicht wahr ist!«

»Wir haben Vater doch vorige Woche beerdigt, Mama!«

»Was habt ihr? Das ist nicht wahr!«

»Bitte Mama, reiß dich zusammen!«

Silke steht erregt vom Stein auf und gebärdet sich plötzlich wie eine Wilde. Ehe sich Verena versieht, stürzt sich die Mutter auf die zu Tode erschrockene Tochter. Verena hat Mühe die völlig durchgedrehte Mutter zu beruhigen.

»Sag, das Lars lebt!«, schreit Silke hysterisch.

»Ist gut, Mama. Vater lebt!« lügt sie.

»Sag so etwas nie wieder, hörst du? Komm, wir wollen ihn nicht länger warten lassen!«

»Ja Mama!«, erwidert Verena erschöpft. ›Was nur um alles in der Welt soll nun aus Mama werden?

Ich darf sie keinen Moment mehr aus den Augen lassen. Doch was soll ich tun? Wen soll ich um Hilfe bitten? Ob ich mich an Mark wende, um ihn um Hilfe zu bitten?‹

»Post für Sie, Herr Pastor!«

»Wer, wer hat geschrieben, Frau Meise?«

»Eine gewisse Verena Petersen, Herr Pastor!«

»Verena? Mein Gott, was ist mit ihr?«

»Sie kennen die Dame?«

»Ja! Bitte fragen Sie nicht lange, sondern buchen Sie für mich die nächste Verbindung und ein Schiff, das mich nach Hallig Rüge bringt!«

»Sie wollen wieder zur Hallig?«

»Bitte fragen Sie nicht so viel, Frau Meise!«

»Hab schon verstanden. Bitte verzeihen Sie, Herr Pastor!«

42

»Mama, komm zurück!« Verena ist außer sich vor Kummer, als sie die Mutter aus dem Haus laufen sieht. Silke hört sie nicht, sondern läuft nur noch schneller der Anlegestelle zu.

»Schau nur Verena, dort kommt ein Schiff. Es wird Lars sein. Siehst du? Lars kommt zu mir zurück!«

»Nein Mama, Vater kommt nicht mehr!«, antwortet sie erschöpft.

Silke bleibt stehen. Strafend schaut sie die Tochter an. »Sag das nie wieder, hörst du?«, erwidert sie und läuft noch schneller dem Ufer zu.

Verena hat Mühe der Mutter zu folgen. Erst als sie am Halligufer angelangt ist, wird sie etwas ruhiger.

Sie sieht den Versorger direkt auf die Anlegestelle zusteuern.

›Mama hat Recht. Es legt ja tatsächlich ein Schiff an!‹

»Lars kommt! Siehst du ihn, Verena?«

»Nein Mama, es ist nicht Vater!«

»Aber, das ist doch sein Kahn. Sieh nur!« Das Schiff steuert schnell die Anlegestelle an. Als es anlegt, erkennt Verena Mark.

»Bist du es wirklich, Mark?«

»Meinen Geist habe ich nicht geschickt, Verena!«

»Lars! Schau Verena, dort kommt dein Vater!«

»Nein Mama, es ist nicht Vater!«

»Nicht? Wer ist es dann?«

»Es ist sein Sohn, es ist Mark!«

»Sein Sohn? Lars hatte keinen Sohn.«

»Doch Mama, Vater hatte einen Sohn!«

»Nein, ihr lügt. Ihr lügt alle. Auch du lügst, Verena!«

»Mein Gott, Verena. Daß es so ernst mit deiner Mutter ist, habe ich nicht gewußt.«

»Danke, daß du gekommen bist, Mark!«

»Du brauchst dich nicht zu bedanken. Doch was soll nur aus ihr werden?«

»Ich weiß es nicht. An manchen Tagen ist Mama ganz normal, an anderen Tagen sucht sie ständig unseren Vater!«

»Das ist ja furchtbar! Wir müssen deine Mutter in ein Krankenhaus bringen.«

»In ein Krankenhaus? In welches Krankenhaus? Hier bei uns gibt es keines.«

»Das weiß ich. Sie muß nach Hamburg oder sonst irgendwo eingewiesen werden!«

»Wie stellst du dir das vor?«

»Ich weiß es selbst noch nicht.«

Silke, die bis jetzt geschwiegen hat, wird plötzlich hellhörig, als sie das Wort Krankenhaus hört. »Was wollt ihr? Ihr wollt mich in ein Krankenhaus bringen?«

»So beruhigen Sie sich doch, Frau Petersen!« versucht Mark die völlig verängstigte Silke zu trösten.

»Fassen Sie mich nicht an, junger Mann!«

»Aber, aber, Frau Petersen, ich will ihnen doch nichts tun!«

»Das wäre ja auch noch schöner!« fängt Silke zu lachen an. Plötzlich wird sie ernst. Nachdenklich schaut sie auf Mark. »Sind Sie nicht Mark, der junge Mark, den meine Verena nicht vergessen kann? Sind Sie wieder zu Verena zurückgekehrt?«

»Nein, das heißt, ja. Verena hat mich rufen lassen, Frau Petersen!«

»Prächtiger Bursche, dieser Mark, nicht wahr Verena?«

»Ja, Mama!«

»Doch, was soll diese komische Tracht, die Sie tragen, junger Mann?«

»Ich bin Priester, Frau Petersen!«

»Priester? Wieso Priester? Mark war doch kein Priester. Mark war ein junger Mann, der in meine Verena unsterblich verliebt war.«

Mark bekommt Angst, als er in Silkes weit aufgerissene Augen schaut.

»Bitte, Frau Petersen, Sie dürfen sich nicht so aufregen!«

»Ich rege mich solange auf, wie es mir paßt. Daran werden auch Sie nichts ändern, junger Mann!« faucht Silke. Als würde ihr momentan die Stimme versagen. Sie gibt nur noch gestammelte Worte von sich.

»Bitte, Mark, bringen wir Mama nach Hause!«

»Rührt mich nicht an! Auch Sie nicht, Herr Priester!«

»Aber Mama, Mark und ich wollen doch nur dein Bestes!«

»Nein, das wollt ihr nicht. Geht schon nach Hause. Ich komme gleich nach!«

»Nein, wir gehen nicht ohne dich, Mama!«

»Haut endlich ab! Ich warte auf Lars. Schau, dort auf dem Schiff habe ich Lars gerade gesehen!«

»Mein Gott, Mark hilf mir!«

»Aber das Schiff ist doch schon lange wieder fort, Frau Petersen!«

»Was sagst du? Ich sehe es doch. Und dort drüben sehe ich Lars stehen. Komm doch, du Feigling! Komm endlich vom Schiff runter!«

Immer wieder ruft Silke Lars Namen. Erst allmählich dämmert es ihr, daß Lars ja neben ihr steht.

»Du bist zurückgekommen, Lars?« Tätschelnd streichelt sie Marks Wangen.

Er läßt sie gewähren und läßt sie im Glauben, daß es sich tatsächlich um Lars handelt.

Endlich willigt sie ein, von den beiden nach Hause begleitet zu werden.

»Du mußt mir viel von Hamburg erzählen, hörst du, Lars?«

»Zuhause werde ich dir alles erzählen«, beruhigt Mark sie.

Erst nach langem Zureden schaffen es die beiden, die völlig entkräftete Mutter ins Bett zu bringen. Mit einer starken Schlaftablette, die Mark Silke verabreicht hat, schläft sie zufrieden ein.

»Was soll nun aus uns werden, Verena?«

Lange schaut Mark auf die verängstigte Verena. Am liebsten hätte er ihr alle Zweifel fortgeküßt, wenn er gekonnt hätte. Niemals schien sie ihm begehrenswerter. Abrupt wendet er sich von ihr ab. ›Nur jetzt nicht länger in ihre traurigen Augen schauen.‹

Auch die nächsten Tage, die Mark auf Rüge weilt, bringen keinen Fortschritt, weder auf der einen noch auf der anderen Seite. Silke hat sich einigermaßen wieder gefangen. Immer noch hält sie Mark für ihren Lars. Mark kann das Versteckspielen kaum aushalten.

›Was soll nur aus Verena werden?‹ zermartert er sich sein Hirn.

Mit Verena kann ich nicht über meine Probleme sprechen. Immer noch spürt er Verenas Liebe.

Wohin er auch geht, überall spürt er ihren Schatten neben sich. Die Tage ziehen sich dahin und nichts geschieht. Solange er den Mut nicht aufbringt und Silke in eine psychiatrische Klinik einweist, solange wird auch nichts geschehen.

Ein Brief ruft ihn dringend nach Hamburg zurück. ›Ich muß Verena vor eine Entscheidung stellen‹. Als hätte Verena seine Gedanken erraten, steht sie plötzlich vor ihm.

»Verena, gut das Du kommst. Ich muß mit dir reden«, beginnt er das Gespräch.

Verena spürt, daß ihn etwas bedrückt, und kommt ihm zuvor: »Ist etwas geschehen?«

»Ja, ich soll unverzüglich wieder nach Hamburg zurückkehren, man braucht mich dort!«

»Und was wird aus mir?«

»Ich weiß keinen Ausweg, weder für dich noch für deine Mutter.«

»Ich kann Mama nicht ihre Heimat nehmen, bitte, sieh

das doch ein, Mark!«

»Aber dich kannst du zugrunde richten, ja?«

»Ich muß mit Mutters Zustand leben lernen.«

»Das schaffst du nicht. Sieh doch ein, daß deine Mutter mit jedem Tag hinfälliger, mit jedem Tag unberechenbarer wird!«

»Wenn schon. Ich kann ihr die Heimat nicht nehmen, auch wenn es noch so schwer für mich wird, mit ihr unter einem Dach zu leben!«

»Dann kann ich dir auch nicht helfen.«

»Soll das heißen, daß du mich wieder verlassen wirst?«

»Ich möchte nicht, doch ich muß. Die Pflicht ruft. Siehst du das nicht ein?«

»Bitte, Mark, bleibe nur noch ein paar Tage hier, bitte!«

»Was versprichst du dir davon?«

»Kannst du nicht, oder willst du mich nicht verstehen?«

»Was soll das heißen, Verena?«

»Spürst du denn nicht, wie lieb ich dich habe?«

»Nein, wir dürfen uns nicht lieben. Ganz ausgeschlossen. Erstens sind wir Halbgeschwister und zweitens trage ich den Rock eines Priesters, vergiß es bitte nicht!«

»Ich habe das keinen Augenblick lang vergessen. Und trotzdem kann ich nicht anders als dich zu lieben, trotz allem!«

»Wir müssen vernünftig sein, bitte Verena!«

»Ich will aber nicht vernünftig sein!«

»Bitte, Verena!«

»Küß mich Mark. Küß mich nur ein einziges Mal!«

»Nein, das macht alles nur noch schlimmer.«

»Warum küßt du das Mädchen nicht?« Die beiden schnellen herum. Silke steht mit wirren Haaren in der Tür. »Nun mach schon, du Trottel!«

»Mama, halt' den Mund!«

»Warum? Du liebst ihn doch! Oder?«

»Bitte halt' dich da raus, Mama!«

»Was seid ihr Mannsleute bloß für Dösbaddel!« kichert Silke.

»Bitte bringe sie auf ihr Zimmer, Verena!«

»Ja, Mark!«

»Ich weiß, wann ich auf mein Zimmer gehen muß!«, sagt Silke störrisch.

Noch einmal dreht sie sich in der Tür um und schlägt sich vor die eigene Brust. »Was seid ihr Mannsbilder doch für Feiglinge, allesamt!«, spottet sie.

»Lauf' ihr nicht hinterher, laß sie gehen!«

»Verzeih mir Mark!«

»Wofür?«

»Für den Kuß vorhin.«

»Verena, bitte bestrafe mich nicht noch mehr. Ich bestrafe mich selbst schon genug.«

Als Mark in ihre traurigen Augen sieht, die dem Weinen näher sind als dem Lachen, da reißt er sie gewaltsam an sich. Er küßt sie! Ihr Atem beginnt zu stocken. Als er sie endlich wieder freigibt, flüstert er mehr zu sich selbst: »Bitte, mein Gott, verzeih mir, daß ich ein einziges Mal schwach geworden bin. Bitte verzeihe mir, daß ich mich vergaß!«

»Mark, ich liebe dich doch! Was gibt es da zu verzeihen?«

»Ich habe meinen Treueschwur gebrochen. Ich schäme mich!«

»Treueschwur? Wenn Gott wirklich von dir verlangt, daß du deine Gefühle verleugnen sollst, dann ist er ein gemeiner und hinterhältiger Heuchler!«

»Sag so etwas nie wieder, hörst du?« Mark schaut sie traurig an.

»Hast du auch den Schrei gehört?«

»Welchen Schrei?« Mark versucht, angestrengt zu hören.

»Da ist er wieder, so hör doch!«

»Deine Mutter, schnell!«

Verena steht wie der Blitz auf und läuft vor die Haustür.

»Mama, Mama!«, ruft sie laut, doch der Sturm zerreißt ihr die Worte. Mark hat Mühe Verena zu folgen.

»Verena, warte doch!« Verena hört ihn nicht. Sie ist noch weit vom Halligufer entfernt.

»Liegt dort nicht jemand? Mama!«

Sie hat sich nicht getäuscht. Fast an der gleichen Stelle, wo man einst Nils tot aufgefunden hatte, liegt Silke im Wasser. Mühselig ziehen die beiden sie an Land.

»Mama«, schluchzt Verena ergriffen, »Mama, wach doch auf!« Doch Silke gibt kein Lebenszeichen mehr von sich.

Mark steht auf und sieht über das Meer.

»Das war ihre Lieblingsstelle, hier wollte sie leben und bleiben«, sagt er erschüttert.

»Bitte, Mark, hol' Hilfe aus dem Dorf!«

»Ich werde deine Mutter alleine nach Hause tragen!«

»Oh Mark, warum das alles?« Schluchzend wirft sie sich in seine Arme. Er hält die zitternde Verena umschlungen, als wolle er sie vor allem Leid der Welt beschützen.

»Komm Verena, bringen wir deine Mutter heim!«

Schreiend kreist eine Möwe über ihnen und stürzt sich in das Meer!

****

Sturmflut

Hört ihr den Sturm, der Tod uns bringt?
Gierig schlagen die Wellen zum Strande.
Wir sind von Wasserfluten umringt,
weiter rast er durch die Lande.

Heulend zerrt und braust der Sturm,
nicht lange mehr halten die Deiche.
Schon schlagen die Wellen den Gottesturm,
oh Wasser, weiche - weiche.

Laß Milde, Herr, dem Unrecht walten,
wir fleh'n dich an in höchster Not.
Da bersten schon des Mauerwerks Balken,
triumphierend erreicht uns der nasse Tod.

Erbarmen, Herr, erhör unser Fleh'n!
Gierig schlagen die Wasser zu Felde.
Ein Land, ein Volk in den Fluten vergeh'n.
Es schweigen für immer die tapferen Helden.

Von Helga Panitzky,
entnommen aus: Im Zyklus des Lebens.

Die Halligen

Im Lexikon in etwa:

Nordfriesische, unbedeichte Inseln zwischen För und der Halbinsel Eiderstedt.

Die Wirklichkeit stellt sich wohl etwas dramatischer dar.
Die *Hamburger Hallig*, eigentlich keine Hallig mehr, ist gegen Gebühr über eine Straße zu erreichen und besteht aus einer Warf mit Gasthof. Gesamtgröße: cà 1000 ha.

Hallig Hooge, sicherlich die zweitgrößte aber bekannteste Hallig, wird auf 10 Warfen von mehr als 100 Menschen bewohnt. Ein Besuch lohnt sich für »Nordlandliebhaber« bei jedem Wetter.

Museum, Kirche, Kino und der Königspesel laden zum Besuch. Die Hallig ist eingedeicht.

Hallig Habel ist die kleinste Hallig. Mit einer Warf und einem Haus für den im Sommer hier tätigen Ornithologen ist sie für Touristen nicht zugänglich.

Hallig Oland, die nördlichste aller Halligen, besteht aus einer Warf und ist für Touristen nur per Schiff oder über eine 6 km lange Wattwanderung (organisiert!) zu erreichen. Oland hat eine große Vergangenheit durch die dort ehemals lebenden Menschen.

1 Gasthof, 15 Häuser, 1 Kirche und der »Pharisäer« laden ein.

Hallig Gröde, die kleinste Gemeinde der Bundesrepublik besteht aus 2 Warfen mit 15 Einwohnern. Bekannt: die Knudswarf. Man kann übernachten und es gibt eine Postfiliale.

Langeneß besteht aus 18 Warfen mit etwa 140 Einwohnern. Ehemals 3 Halligen, Langeneß, Nordmarsch und Butwehl wurden hier durch Landgewinnung vereint. Zugang per Schiff vom Hafen Schüttsiel.

Sturmfluten

Laut Lexikon eine Flut mit dauernd gegen die Küste treibenden Sturm.

Sturmfluten, die beträchtliche Verluste an Land, Mensch und Tier verursachten hat es über die Jahrhunderte immer wieder gegeben.

1362 forderte die große »Mandränke« mutmaßlich über 7000 Menschenleben und zerriß die nordfriesische Küste in kleine Inseln und Halligen.

1634 ertranken über 9000 Menschen und 50000 Stück

Vieh. Weitere riesige Landabbrüche an der Küste und den Inseln wurden verzeichnet.

1717, 1825 (Jahrhundertflut), 1936, 1976, 1981, 1962 und 1990. Alles Jahreszahlen für Sturmfluten, die große Schäden anrichteten.

Autobiographisches

Sachbuch

Helga Panitzky

Ostfriesische
Geschichten

und andere
Erinnerungen

Die Schmuddelkinder von der ersten Bank
Berichte und Geschichte aus vergessener Zeit

Verlag BOD Norderstedt   ISBN 978-3-8311-2957-7

Verlag BOD Norderstedt   ISBN 978-3-8334-4277-3

Verlag BOD Norderstedt   ISBN 978-3-8311-4381-8

188

Verlag BOD Norderstedt   ISBN 978-3-8324-1040-6

Verlag BOD Norderstedt   ISBN 978-3-8334-8796-5

Helga Panitzky

Der Fremde Von Hallig Rüge

Roman

Verlag BOD Norderstedt ISBN 978-3-8311-0316-4

Verlag BOD Norderstedt ISBN 978-3-89811-558-2

Verlag BOD Norderstedt   ISBN 978-3-8423-8395-1

Verlag BOD Norderstedt   ISBN 978-3-89811-261-1

Helga Panitzky

Über Tausend Brücken
mußt du geh'n

Gedichte

Verlag BOD Norderstedt   ISBN 978-3-8370-5694-5